ラルーナ文庫

騎士と王太子の寵愛オメガ

～青い薔薇と運命の子～

滝沢 晴

三交社

CONTENTS

Illustration

兼守美行

騎士と王太子の寵愛オメガ

～青い薔薇《ばら》と運命の子～

本作品はフィクションです。
実際の人物・団体・事件などにはいっさい関係ありません。

【1】花の香りは悪夢の始まり

鼻孔をくすぐるのは、蜜《みつ》でも混ぜたような、甘いバラの香りだった。

ああ、またこの夢か、とキラは諦《あきら》めた。

花が咲き乱れる庭園で、白い陶器がパンと音を立てて割れる。鮮やかな青紫のシロップが白い絨毯《じゅうたん》に広がった。

『やや子……それは本当か！』

男性の震える声が尋ねてくるので、まだ平らな自分の腹部をなでながらうなずいた。

『な……名前を考え――いやいやまずは医師か。あっ、なぜそのように薄着を』

おそらくお腹に宿った命の父親が、歓喜混じりの動揺を隠せないでいるようだった。

――ぱちり、とまばたきをすると、その腹が臨月近くまで膨らんでいた。

また、あのバラと蜜の香り。今度はくすくすと笑い声がする。優しい響きのそれではなく、毒念を孕《はら》んだ複数人の笑い声。さほど低音ではないが男性のようだ。

自分は胎動する腹部を押さえながら、床にひざまずいていた。床が水で濡《ぬ》れているので、浴場なのかもしれない。

『どんな仕打ちも受けます、お腹の子だけは助けてください』

全身が震えて止まらない。自分の死は、宿った命の死と直結する。絶対に生き延びなければならなかった。

＊＊＊

「今日も夢見が悪かったたな」

キラの朝は早い。夜明けとともに仕事が始まるので、暗いうちから身支度を調えなければならないのだ。

年季の入った寝床から半身を起こし、自身の薄茶の髪をかき上げる。隣でぷうぷうと鼻の音をさせているのは、五歳になる息子ミールだ。ふっくらとした日焼け顔に、よだれの跡をつけてぐっすりと寝ている。この顔を見ると、先ほどまで見ていた悪夢など一瞬で忘れることができる。寝汗で額に張りついている黒髪を、そっと拭《ぬぐ》ってやった。

「んー、母さま、どこ」

「おはよう、ここにいるよ」

　ミールの朝の第一声は、大体「母さま」だ。母の居場所を確認して朝を迎える。ミールは、キラによく似た垂れ目をぱっちりと開けると、勢いよく身体《からだ》を起こして「よし」と意気込んだ。親子の仕事が始まる合図だ。

　チャーンド帝国北西部の農村に暮らすキラとミールの仕事は、水汲《みずく》みから始まる。村中央にある井戸からその日に自宅や農場で使う水を汲み、二人で担いで運び込む。それが終わると羊の世話をしながら、周辺の農場にも飼料を運ばなければならない。

　ミールが飼料入りのかごを背中に担ぐ。

「重くない？」

「だいじょうぶ、ぼくちからもちだから」

　まだ五歳だというのに懸命に飼料を運ぶ。その健気《けなげ》な姿を見送りながら、キラは自分を責めた。

（僕に記憶があったら、ミールはこんな思いをせずに済んだのに）

　キラは自分の年齢が分からない。正確には、年齢以外もすべて分からない。気がついたときには身重の状態で、熱を出して臥《ふ》せっていた。村で唯一の医者が「流行病《はやりやまい》の高熱が原因で、記憶をなくしてしまったのだろう」と教えてくれた。

（せめて夫が生きていたら）

そっとうなじの傷をなでた。くっきりと赤く残る嚙《か》み跡は、指でも凹凸が分かる。自分に、伴侶《はんりょ》である〝番《つがい》〟のいた証拠だ。

この世界には男女とは別に、第二の性が存在しアルファ、ベータ、オメガの三種に分けられる。アルファとオメガは、百人中一人存在する程度の希少な性で、さらにこの二つの性は互いの媚香《びこう》によって強く惹《ひ》かれ合う性質を持っている。

優れた才覚を持つアルファは、優性遺伝子の結晶とも呼ばれ、国の首脳や王侯貴族などに多い。一方、キラの性でもあるオメガは、男でも生殖器官にアルファの子種を受け入れ、子を成すことができる性。男性のオメガは特に希少で容姿も優れた者が多いが、アルファやベータほど骨格や筋肉が発達しないため、日常生活においては不利益を被りやすい側面もあった。

オメガは九十日に一度の周期で発情し、発情時の性交中にアルファがオメガのうなじに嚙みつくことで〝番〟が成立。オメガは番以外を受けつけない体質に変異する。

キラの首筋の跡は、まさにその証《あかし》だ。

その番であるアルファの男性は、キラと同じ流行病で他界してしまったというが、その彼の記憶すら高熱で失われたため、今は嚙み跡しか思い出はない。

高熱から意識を取り戻したキラは、記憶のないまま出産し、唯一の肉親である祖父の家でミールと三人で暮らしている。その祖父のことも覚えていないため居候のように過ごしているのだが。

「おい、朝飯は」

朝の仕事を終えたころ、祖父がのっそりと戸口から顔を出し、農場で羊の糞《ふん》の掃除をするキラに声をかけた。

「おはよう、おじいちゃん。まだ冬が終わったばかりだというのに汗だくのキラは、袖口で額を拭いながら答えた。まもなく」

「キラ！　うちの羊たちにも水を汲んできておくれ」

隣家の中年女性が柵《さく》の向こうから叫んでいる。どうしよう、と顔を見上げると、祖父は顎《あご》を女性のほうへくいと動かした。従いなさい、という意味だ。

「よそのひつじなのにね」

ミールが水汲みを手伝いながら、まっとうな意見を述べる。

「うん、ごめんね」

周辺住民から下働きのように使われる原因は借金だった。

ミールを出産してまもなく聞かされたのは、他界した番が複数の住民から金を借りていた事実だった。記憶も財もないキラが返せるはずもなく、そのぶん労働で報いる約束をしているのだ。

その労働もオメガの体格では、男性のアルファやベータほど役立っているとは言いがたい。

ミールははっとして、首を振った。

「ぼくひつじはすきなんだよ、ふわふわだから」

「毛刈りが年に一度のお楽しみだもんね」

ふふ、と笑って返事をするが、息子に気遣われる自分が情けなかった。

言いつけられた作業を終えて自宅に戻ると、祖父に汚れた顔を洗うよう指示された。キラは桶《おけ》に水を汲んで、のぞき込んだ。

おそらく二十代半ばであろう顔の小さな男性が、うつろな表情でこちらを見つめていた。薄茶の前髪の間から、オメガの特徴でもある、色素の薄い双眸《そうぼう》がのぞく。垂れ気味の目が、幼くそして弱々しく見えてしまい、情けなさに拍車をかける。

(お前はこれまでどんなふうに生きてきた？　夫はどんな人でどうやって結ばれた？)

そんな記憶が少しでもあれば、番の嚙み跡を心のよりどころにせずとも、もう少し前向きに強く生きられただろうに。祖父に尋ねても「つらいことばかりだったから思い出さないほうがいい」と教えてくれない。

(これからずっと根無し草として生きるんだろうか)

そんな弱音が浮かんだ自分を、井戸水とともにピシャッとたたいた。春とはいえまだ水は冷たいので自分を叱咤《しった》するにはちょうどいい。

（ミールがいるじゃないか、僕の大切な命）

キラがキラとして立っていられるのはミールのおかげだった。ミールを守り育てることが、自分の存在理由なのだ、と。

朝食が終わると、村共同の洗濯場へと急いだ。ため池から汲んできた水を使って洗濯物を足で踏み洗いする。そこは女性たちの交流の場にもなっていた。

「聞いた？　隣国のオメガのうわさ」

「アーフタープの後宮から逃げ出して、この国に隠れているんですってね」

アーフタープとは、このチャーンド帝国の北西——つまりこの村のさらに北西に位置する王国だ。

もとはガル帝国という一つの国だったが、主に宗教を理由に二つの国に分かれたのが百年以上前。キラの住むチャーンド帝国は「月」を意味し、隣国アーフタープは「太陽」を表す国名になった。

両国は大陸に流れる大河イグリス川を国境としている。宗教以外は言葉も容姿もさほど変わらないが、宗教対立が尾を引いているせいで国交はあるものの活発ではなかった。

その隣国から後宮オメガが逃げてきているといううわさは、庶民の好奇心を満たすには十分な醜聞だ。

「王太子の子を身ごもったまま逃げたらしいの、好待遇を受けているのに恩知らずなオメガだねえ」

「うちの村にもいるじゃないか、恩知らずのオメガ」

キラは聞いていないふりをして洗濯物を踏み続ける。彼女たちはこうやって何かにかこつけては借金まみれの自分をやり玉にあげ、結束を強くしているようにも見えた。

「そのうち身体で払ったりして」

「無理よ、番持ちのオメガは拒否反応が出るし、うちの村にはアルファがいないし……それにいくら見た目がいいからって、羊臭いオメガなんて萎《な》える萎える」

「もう、やだあ。二人とも、まだ朝よ」

ふふふ、くすくす、と品のない冗談で笑い合う。

（身体なんて売るわけないだろ……怒るな、鎮まれ、怒ってはだめだ、ミールに何をされるか分からない、蓋《ふた》をしろ……）

血が沸騰しているのが分かる。しかし、キラはそれを抑え込まなければならなかった。一度言い返した日から、ミールが村の子どもたちから遊んでもらえなくなったのだ。母親である彼女たちが自分の子に吹き込んだのだろう。

怒りを押し込めると、洗濯物を踏む足に力が入った。

彼女たちの言うように、オメガであるキラは借金のために身体を求められ、差し出すことも最終手段としては考えられた。貧しい田舎の女性がそうしているように。

しかし、幸いこの村にアルファがいなかった。オメガが発情期に放つ媚香は、アルファの本能を覚醒《かくせい》させる効果があるものの、ベータやオメガには嗅《か》ぎ取ることができないのだ。そのため村で性的対象として見られることはなく、発情期を迎えても無理やり襲われる危険がない。発情を抑制する安物の丸薬を予定日の十日ほど前から飲めば、やり過ごせるのだった。

バシッという音がする。顔を上げると、近くで遊んでいたはずのミールが倒れていた。

「ミール！」

その手前では二回りほど身体つきの大きな少年が、太い木の枝を振り回していた。村長の孫だ。

「立てよ、俺の剣術の練習台になれ」

キラは洗濯場から飛び出して、裸足《はだし》でミールに駆け寄る。

「やめてください、こんな小さい子に何を」

「村に迷惑かける親子は、俺が成敗してやる！」

少年はキラにも枝で殴りかかった。それを洗濯場の女やオメガたちは止めるどころか「やんちゃねえ」と微笑《ほほえ》ましく眺めている。

キラはミールを抱き込んで、黙って殴られていた。村長に目をつけられれば、この村で生きていけないからだ。祖父には村の人たちに逆らってはいけないと言いつけられていた。

腕の中で、ミールが「母さま」と声を震わせていた。

少年が殴り飽きたころには、洗濯場には誰《だれ》もいなくなっていた。自分の洗いかけの衣服が、洗い場にぽつんと残されている。キラはそれをすすいで絞り、木の皮で編んだかごに入れた。サンダルを履こうとして、それが履き物置き場にないことに気づく。

「……まただ」

キラのサンダルは、とにかくよく消える。決まって、この洗濯場で。遠くでくすくすと笑い声がした。

「まあいいか、もう裸足にも慣れちゃった」

キラは右手に洗濯かごを抱え、左手でミールと手をつないで自宅に向かった。ミールが立ち止まってキラの手を強く握った。

「母さまは、ぼくがつよくなってまもるから」

ミールの額には擦過傷があった。先ほど村長の孫に殴られて転倒した際に負ったようだ。そんな傷を気にも留めず、ミールは母を守ると言ってくれた。

「ありがとう……僕もミールを全身全霊で守るよ」

じわりと涙がにじむ。強くて優しい我が子の、まっすぐでつややかな黒髪をなでた。

(神様、どうかこの子だけはお守りください、この子が幸せになりますように)

村北部にそびえるラコルム山脈から暖かい風が吹き下ろし、二人の髪をふわりとなびかせる。高温乾燥の春が訪れようとしていた。

自宅の様子がおかしいと気づいたのは、祖父と誰かが言い争う声が聞こえてきたからだった。

「今すぐ出せ、たばかったら命はないと思え！」

自宅の入り口で、背の高い男が物騒なことを叫んでいた。責め立てられている祖父は、うろたえて抵抗する意志がないことを示すように、両手を挙げている。

キラはミールを納屋の陰に隠して、指示をする。

「僕がいいって言うまで、ここに隠れていて。いいね？」

ミールは真剣な表情でこくりとうなずく。子どもながら切迫した事態だと理解したようだ。

キラは洗濯かごを置いて祖父のもとへ駆け出す。

心臓がバクバクした。ミール以外では自分の血縁は祖父しかいないのだ。何があっても守らなければ、と。

祖父に詰め寄っていた男は、入り口で頭を打ちそうなほどの長身だった。着ているものも村人たちとはまったく違う。上等な上着から金属のようなものが見えるので刃物を持っているのかもしれない。

「やめてください、人を呼びますよ！」

キラは祖父と男の間に身体を滑り込ませ、男をドンと両手で突き飛ばした。

驚いたのか硬直している男の容姿に、キラは瞠目《どうもく》した。

麻布を巻きつけたような自分たちとはまったく違う、上流階級のいでたちだったからだ。白地に細かな刺繍《ししゅう》が施された詰め襟の長上衣に、共布のパンツ、絞られた腰にはタルワールと呼ばれる曲刀が携えられている。

その服装もさることながら、男の顔立ちにも驚いた。

少し日焼けした肌に、きりりと上がった眉《まゆ》。眉間《みけん》からまっすぐに伸びた鼻筋、その左右に配置された切れ長の瞳《ひとみ》は、髪と同じく烏《からす》のような黒。くせのない長髪は、一つに緩く束ねられ右肩から絹糸のように垂れていた。美丈夫、という言葉のよく似合う男だった。帯刀しているということは憲兵や兵士なのだろうか。

その美丈夫が、穴があきそうなほどこちらを見つめるので、キラは負けじとまくし立てた。

「祖父が何をしたというのですか、命はないってどういうことですか！」

「祖父？　この老人が？」

帯刀した男は、先ほどの剣幕とはうってかわって戸惑いの声を上げる。

突然、キラの両腕を強くつかんだ。黒曜石のような瞳に射ぬくように見つめられると、

背筋にチリ……と火花が散ったような痛みが走る。

「しかし、ああ、よく無事で――」

「母さまにさわるなッ」

ミールが男の片脚にしがみついた。

「ぼくの母さまにいじわるしたらゆるさないぞ！」

「ミール！　隠れていなさいと――」

ビクッと男の身体が硬直する。そして足にしがみつくミールを見下ろして、目を見開いた。

「この子は」

男がミールに手を伸ばそうとしたので、キラは彼の腕にしがみついた。

「やめてください、まだ何も知らない子どもなんです。ミールに危害を加えるようなことは――」

言い終える前に、祖父がその場に崩れ落ちた。いや、崩れ落ちたように膝《ひざ》をついて頭を地面にこすりつけたのだ。

「お許しを、どうかお許しを……すべてお話ししますので」

まだ夏でもないし、キラのように重労働をしてきたわけでもないのに、祖父の顔にはびっしりと汗の粒が浮かんでいた。

屋内で祖父が打ち明けたのは、信じがたい真実だった。

「僕は……孫じゃない……？」

祖父――ことアバクという名の老人は、下を向いたまま淡々と語った。

妊娠中のキラが川辺で倒れていたのを発見したこと。その足に奴隷用の足輪がはめられていたこと。目覚めるとキラは記憶がなかったこと――。

「流行病で村の若者が多く死んだ。たとえ奴隷でも人手が欲しかった。逃げ出されても困るので、妻と息子が早くに他界したわしが、お前の身内のふりをして受け入れることになった」

「そ、そんなの嘘《うそ》だ。だって僕の番が作った借金のことは」

「お前を村から出さないための嘘だ。記憶喪失のわりには下働きの仕事が身についていたので使い勝手がいいと分かり、誰かが言い出して次々と広がった」

テーブルの上で組んだ手が勝手に震える。

「では僕の番が死んだというのも……」

アバク老人はゆっくりうなずいた。

「うなじにその跡があったため話をねつ造した。この村にアルファなどいたことがない、村の大人全員が共犯だ」

春だというのに手が指先から冷えていく。地面が沈んでいくように、平衡感覚を保つことができなくなった。その場にへたり込むキラの腕を、同席していたあの男が支えた。

「そんな、じゃあ僕は……ミールは……一体」

話が理解できていないミールも、キラが床に倒れ込んだのを心配して駆け寄ってくる。

「そこからは私が話しましょう」

帯刀した男は、落ち着いた声で言った。

隣国アーフタープ王国のジャムシードと名乗った彼は、荷物から手の平大の絵を取り出した。のぞき込むと、どこかで見たことのある青年が微笑んでいる。

「あの、これは……」

「母さまだ！」

ミールが絵に飛びついた。

「ええ、あなたです。これは人捜し用に複製されたもので、本物の大型絵画はアーフタープ王国に飾られている」

首をかしげるキラに、ジャムシードは膝をついて深く頭を下げた。

「あなたはアーフタープ王国の後宮から失踪《しっそう》したオメガ——現王太子の寵妃《ちょうひ》です」

ジャムシードの言葉が理解できないまま、キラは何度もまばたきをした。アバク老人も杖《つえ》を取り落とす。

「僕が……王太子のオメガ……？」

「ええ、まさか記憶をなくしているとは思いませんでしたが……道理で見つからないわけだ」

ジャムシードがうなずいて、経緯を説明する。

五年前、アーフターブ王国の後宮から身重のオメガが失踪した。国内では見つからず、捜索網は周辺国にまで広がった。

「国外では王太子も自由にできないので、各国に密偵を送り何年もかけて捜索しました」

「でも他人のそら似かも」

「いいえ」

ジャムシードは膝をついたまま、まっすぐキラを見上げた。

「あなただ」

つややかな黒髪の束が、肩でさらりと揺れる。

「どうか、お立ちになってください。僕なんかに膝をつくなんて――」

目上や尊敬する相手に対して行う礼儀作法であって、水汲みや洗濯、羊の世話で汗どろどろの自分にすることではない、と。

「では、あなたは王国から捜索に派遣された憲兵さんなのですか？」

キラの質問に、ジャムシードが首を振った。

「……いいえ、騎士です。お捜ししました……ご無事で何よりです」

ジャムシードはキラの爪《つめ》に自身の額を当てた。これがアーフタープの礼儀作法のようだ。

また、背中に小さな痛みが走った。

「きし！　ほんものだあ……！」

キラにしがみついていたミールが、目を輝かせる。子どもたちにとっては憧《あこが》れの職業なのだ。

「ご子息はおいくつですか」

ジャムシードはミールに視線を送る。五歳になったことを告げると、目を細めたジャムシードは、失踪前のキラがすでに妊娠後期だったことを明かし、こう断定した。

妊娠周期を逆算すると、そのお腹の子こそミールである、と。

「ではミールは、アーフタープ王室の血を……？」

「王太子唯一の御子、ということになりますね」

ミール自身は、理解できずにきょとんとしている。

にわかには信じがたかった。新手の詐欺も疑ったが、後宮のオメガが失踪した日と、キラが川辺で発見された日が三日しか差がなかったため真実味は増した。

「……ところで、なぜ靴を履いていないのですか」

膝をついたので視界に入ったのか、ジャムシードはキラの汚れた足を凝視する。なくした、と言おうとした矢先、ミールが打ち明けた。

「せんたくばでいつもぬすまれるの、みんなで母さまをいじめるんだよ」

ジャムシードが立ち上がって曲刀を抜く。切っ先を、椅子《いす》にへたり込んだアバク老人に向け「どういうことだ」とすごんだ。

「やめてください！」

キラは慌てて背中で老人をかばい、両手を広げた。

「キラ……」

アバク老人――もとい祖父の声が震えている。向かうジャムシードは、斬《き》り殺さんと殺気を放つ。

「もし僕が王太子のオメガだったとしても、僕はおじいちゃんに感謝しています！　この村に来たいきさつが本当なら、野垂れ死ぬ運命だってあったはずなんだ。血もつながっていない僕とミールを家に住まわせるなんて普通はできない。おじいちゃんは、僕のおじいちゃんです」

キラは祖父を振り返り、手を取った。

「おじいちゃん心配しないで、過去なんて関係ない。いつも通りしっかり働きますから、ミールとここにいていいでしょう？　羊たちの世話だって僕たちがいないと――」

キラは自分の手が震えていることに気づいた。決して恵まれた毎日とは言えないけれど、ミールや祖父と暮らすこの家には小さな幸せがいくつもあった。それがこの村以外での記憶のない自分のすべてなのに、この騎士に一瞬にしてなかったことにされそうで。

「それは叶《かな》いません、あなたを――あなたとご子息をアーフターブに連れて帰ります」

「嫌です」

祖父にしがみついて泣いた。

「僕にはおじいちゃんとミールだけなんだ。お引き取りください、僕の幸せを奪わないでください。それに失踪したってことは、後宮が嫌で逃げ出したかもしれないじゃないですか！」

それはありえません、とジャムシードが首を振る。

「ある者たちの謀略があったことまでは調べがついています。王太子とあなたの関係は良好でした」

分からない、信じない、と言いながらも、時折見る悪夢をキラは思い出していた。番が懐妊を喜んでいる夢や、身重の状態で床に手をついて誰かに命乞《いのちご》いをしている、あの悪夢――。

（あれはただの夢じゃなかったのか）

ジャムシードの冷たい声が降る。

「あなたがあらがえば村だけでなく国を巻き込んだ争いになるでしょう。もともとアーフタープブとチャーンドは表面的な国交はあっても、水面下では小競り合いが続いているのですから」

ぽん、と肩をたたいたのは祖父だった。

「すべてわしらの罪だ、村ごと焼き払われても文句は言えまい。行きなさい……これから村の誰も信用できない状態で暮らすのは、お前もミールもきっと苦しむ」

「おじいちゃん……」

母を心配して顔を寄せるミールを抱きしめて、子どものように泣いた。

神は非情だと思った。ひどい仕打ちにも耐えてきたのに、こんなにあっという間に自分と息子から日常を奪うだなんて——。

翌朝、出立の準備を整えたキラとミールを迎えに来たのはジャムシードだけではなかった。馬二頭の豪華な幌付き馬車に、護衛の騎馬兵、荷物運搬専用の馬車まで家の前に並んだのだった。

黒馬からひらりと降りたジャムシードも、昨日の騎士姿ではなく羽振りのいい商人のような服装だった。手にはキラとミールの服。それも見たことがないような繊細で美しいサリーや子ども服だった。

「僕たちは着慣れたもので十分ですので。それにサリーは女性の――」

断ったが、ジャムシードは首を振った。

「変装してもらいます。家族旅行のふりをしていただかなければ」

聞けば、失踪のうわさを聞きつけたチャーンド帝国がアーフタープの後宮オメガを――つまりキラを捜しているのだという。そのため国を出るまでは、キラはオメガとばれてはいけなかった。女装した上で、ジャムシードと家族を演じなければならないのだ。

「寵妃や子を捕虜とすれば政治的にはいい切り札になります。当然、そうなってしまえばあなたもご子息も命の保証はない」

そう言われれば拒否することはできなかった。

昨晩、身体の水分をすべて涙にしたキラは、決意したことがあった。

(治安のいい街で逃げ出して、そこでミールとゼロから生活を立て直そう)

もし、ジャムシードの言うように自分が後宮のオメガだったとしても、顔も知らない王太子のもとに戻るなど想像もつかなかった。ミールだって、いい暮らしはできるかもしれないが、どんな目に遭うか分からない――。

(僕がミールを守らなければ。記憶のない、何もできないオメガのままでいてはだめなんだ)

キラは、着せられた女性用のサリーをぎゅっと握りしめた。細かな刺繍や染色が施されていたそれは、初めて見る代物だが明らかに高級な衣装だと分かる。短い髪で男だとばれないよう、頭には大判のストールを巻いた。ミールも金持ち商人の息子に扮装《ふんそう》するため、飾りのついた華美な子どもも服を着せられている。

ジャムシードがキラの前に屈《かが》んで、靴を差し出した。

「もう盗まれる心配はありませんよ」

少しの意地悪を孕ませた声。キラは内心腹を立てながらも、おそるおそる足を差し入れる。

「僕、靴は初めてで……」

「村では、ね。アーフタープでは靴をお召しでしたよ」

足が甲まですっぽりと包み込まれる安定感に驚いた。靴から伸びる固定用の平布を足首に巻くと、ぴったりと固定された。

その仕草に、ジャムシードが指を顎に当てて「ふむ」とうなずいた。

「靴の履き方は身体が覚えているようですね」

そういえば——。初めて靴を履くのに、平らな布が固定用であることを知っていて、勝手に手が動いて足首に巻いた。

（記憶がない、といいつつ、僕は色々知っているんだ）

よく考えると、意識を取り戻した際もキラは赤子のような知能ではなかった。

水は飲むもの、服は着るもの、朝の挨拶《あいさつ》は「おはよう」——など人として生きる基本的な知識はそなわっていたのだ。記憶はないのに下働きがよくできた、と祖父が言っていたので、身体が覚えていることもかなりあるようだ。

キラはそこで初めて気づく。忘れているのは、自分に関する生活史だけなのだ、と。

事情を知らない村人たちは、ジャムシードが準備したきらびやかな隊商に気づき、遠くから出立の様子を見守っていた。

「キラを気に入った金持ちが強引に連れていったとでも話しておく」

馬車に乗る直前、祖父がそう言って微笑んだ。

「おじいちゃん」

いまだに信じられないでいた、この人が自分の祖父ではないなんて。

格別優しいわけではなかったが、静かに自分たち親子を見守ってくれていた。ミールの出産だってそうだ。

キラは祖父の枯れ木のような手をぎゅっと握った。涙が勝手にこぼれてストールを濡らすが、言葉がうまく出てこなかった。

「おじいちゃん」

ジャムシードに促されて馬車に乗るが、今度はミールが泣き出した。

「おじじさま、おじじさまはいかないの？」

「ミール、立派な人になるんだよ。この村での嫌だったことはすべて忘れなさい」

「おじじさま」

「わしをうらみなさい」

「うらまないよ、ねえ母さま、おじじさまもいっしょにいっていいでしょう？」

キラは嗚咽《おえつ》を漏らして視線をそらした。代わりにジャムシードが答えた。

「できない。君の〝おじじさま〟は家を守らなければならないから」

ひっひっ、としゃくり上げ、珍しく声を上げて泣いた。村の子どもたちに「やもめオメガの子」などといじめられても耐えていたミールが、別れを察して子どもらしく泣いたのだった。キラが抱き寄せると、より涙を溢《あふ》れさせた。

祖父の言うように、嘘で塗り固められたこの村にはいられない。

何を言われても真偽を疑いながら生きていくのは耐えられないだろう。ミールがいじめられるのも、自分がぞんざいに扱われるのも、夫の借金と借金を止められなかった自分のせいだと言い聞かせて、やっと折り合いをつけてきたのに――それがすべて村ぐるみのはかりごとだったのだから。

「だまされていたのに、悔しさより悲しさが勝るのですか」

理解できない、といった顔でジャムシードが尋ねる。

「嘘だったかもしれないけど、僕たちはこの五年、確かに三人家族でした。おじいちゃんが僕たちを養ってくれていたのはまぎれもない事実ですから」

「三人家族……ですか」

ジャムシードが肩をすくめるので、キラはムッとして顔を外に向けた。

走り出した馬車から村を眺める。洗濯かごをもった女たちがこちらをジッと見ていた。別れを惜しんでいるわけではなく、妬《ねた》み嫉《そね》みを焦がしたような視線だった。

しばらく馬車を走らせたところで、ジャムシードは御者に停車を命じる。自分の馬に乗り換えると、先に行くよう指示をした。

「忘れ物をしたので、あとで追いつきます」

ジャムシードは馬を軽やかに操り、村のほうへと戻っていった。

＋＋＋

ジャムシードが村に入ると、アバク老人は、キラとミールが去った家を眺めながら庭の切り株に腰かけていた。

木を削り出して作ったおもちゃの刀――ミールのものだろう――を魂が抜けたような表情でいじっている。一晩でずいぶんと老けたように見えた。

「お戻りになると思っておりました」

馬上のジャムシードを見上げて、アバクは穏やかな表情で目を閉じる。

「知らなかったこととはいえ、王族の寵妃をおとしめた罪が許されるとは思っておりません、ひと思いに首を」

ジャムシードは馬にまたがったまま腰の短刀を鞘《さや》ごと引き抜き、沙汰《さた》を待つアバク老人に投げ渡した。緩くカーブを描いた護身用の短刀は、シンプルな造りながら柄に緑と赤の石が交互に並んでいる宝飾品だった。貧しい村で生まれ育ったアバクは、それがエメラルドやルビーと呼ばれる宝石であることを知らないだろう。

「これで自害を、ということでしょうか」

ジャムシードが首を振って「生活の足しにしなさい」と言い含めるので、アバクが瞠目している。罪を不問にされるどころか、物品を与えられるとは思っていなかったのだろう。

ジャムシードは、自分が複雑な表情をしているのがよく分かっていた。心境としては今すぐにでもこの村を焼き払いたかったからだ。それをしてしまえば、あの親子が深く傷つくので懸命に耐えているのだ。

「この五年の彼の暮らしを思うと、憤怒《ふんぬ》に我を忘れそうになるが……彼らの涙は、この家では安全だったことの証左であろう。両親を早くに亡くした彼の家族になってくれたこと——礼を言う」

アバクはごくりと喉《のど》を鳴らし、渡された短刀を見つめ忍び泣いた。

「斬り捨てていただきたかった……こんな静かな家で、今日からどのように生きればよいのか分かりませぬ」

アバク老人もまた、嘘から始まった家族の存在が日に日に大きくなっていたのだろう。それを急に失ったがために、生気をなくしてしまったのもうなずける。

「それがお前の犯した罪の重さだ。長生きして彼らの里帰りを待つことが、お前のできる唯一の償いだ」

里帰り、という言葉に反応したアバクは耐えきれず嗚咽を漏らしていた。

「ああ……言える立場でも身分でもないのですが、キラとミールを……どうか、よろしくお願いいたします」

アバク老人はミールのおもちゃの木刀を、ジャムシードに差し出した。

「……王太子がこの村での仕打ちを知ることはないだろう。だがお前の病死、老衰以外の死に方は許さぬ、自害すれば私が村ごと焼き払う。覚えておけ」

老人の敷地を出ると、村人たちが集まってのぞき込んでいた。

「キラをどこへやった」「羊の世話を頼んでたのに」「キラを下働きとして連れていくなら代金をよこせ」

彼らは好き勝手に並べ立てる。

「下働き？　何を言う、輿入《こしい》れだ。〝祖父〟には許可をもらっている」

「何を——キラには番が」

「だからなんだ、ただの噛み跡ではないか。所有の印でもなんでもない。そしてお前たちの所有物でもない。ずいぶんと面倒見のいい村だったようだな、村長」

内幕を知られていると察したのか、そろって視線をそらす群衆。その背後に、身なりのいい白髪の老人が立っている。村長と呼ばれた彼は、ゆっくりと前に出た。

「どなたかは存じませぬが、高貴なお方とお見受けします。キラのような元奴隷があなたさまにふさわしいとは思えませぬ。村の娘を用意いたしますのでぜひ……」

若い女性数人が前に出た。紅潮しつつも表情に自信をにじませ、上目遣いで秋波を送ってくる。

「遠慮しておこう。貧しいオメガのサンダルを盗むような、気品ある女性たちだ。私にはもったいない」

覚えがあるのか、ある女性はうつむき、ある女性は逃げ去った。

「いいか村長、村を焼き討ちにされたくなければ、キラ親子や私のことを金輪際話してはならない」

「……と申しますと？」

村長は上目遣いで笑っていた。口止めをするならば、それなりの見返りをもらうのが当然、という魂胆が透けて見える。ジャムシードは小さく息を吐いてまくし立てた。

「では率直に言おう。お前たちは彼が元奴隷だと、まだ思い込んでいるのか？　男のオメガは希少価値が高いため人身売買もされやすいが、貴族階級の寵愛《ちょうあい》を受けることも多いと聞いたことはなかったか？」

ジャムシードのせりふの意図に気づいた村長の顔が、土気色になっていく。

「こう言えば彼のうなじの噛み跡が誰のものか、ある程度想像はつくはずだ。お前たちはその彼と子どもに嘘を教え、陰湿ないじめを繰り返し、重労働を強いてきた。その罪を箝《かん》口《こう》だけで見逃してやると言っているのだ」

ジャムシードの怒りを汲むように、興奮した馬が頭を振ってぐるりと一周する。その手綱を引いて落ち着かせながら、ジャムシードは村人たちを冷たく見下ろした。

「脳が少ない者でも理解できるな？」

村長はその場でひざまずき「仰せのままに」と地面に額をこすりつけた。その様子で村人たちは自分たちの置かれている状況に気づき、顔から血の気が引いていく。村ぐるみのはかりごとが暴かれたのと同時に、自分たちが搾取してきた相手はやんごとなき身分の番だった、と知らされたのだから――。

「私は今日ほど忍耐を試された日はない、拾った命は大切にするといい」

上品な笑みと青筋を浮かべたジャムシードは、ミールのおもちゃを腰に差し、馬頭をキラ一行に向けて駆け出した。

【2】にぎやかな家族ごっこ

馬車に乗り込んできたジャムシードに、キラは不安げに尋ねた。

「村に……何もしてないですよね……？」

ジャムシードは羽振りのいい商人を装うために帽子を被《かぶ》り、口の端を引き上げた。

「残念ながら、焼き討ちにする時間はありませんでしたね」

腰に差していた短刀を引き抜いた——と思いきや、それはミールが木を削り出して作ったおもちゃの刀だった。

「騎士の命をお忘れですよ」

ジャムシードはまだ目が赤いミールにそれを渡す。騎士、と言われて目を輝かせたミールは小声で礼を言って受け取った。

「里帰り」

ジャムシードが単語だけ漏らすので、キラは首をかしげた。

「あの老人、あなたがたがいなくなったことに落胆していました。帰省を楽しみに待っているそうですよ」

だから、里帰りと言ったのか――。キラは泣きはらした目にまた涙を浮かべた。ジャムシードが手巾《しゅきん》を差し出し、囁《ささや》いた。

「よく溢れる瞳だ、堰《せき》が必要ですね」

どうして人を食ったような態度を取るのだろうと、キラは気色ばむ。

「母さまにさわるな」

その手をミールが払ってにらみつけたので、ジャムシードは両手を挙げ、頼もしい護衛に降参のポーズを取った。

旅程の説明を、ジャムシードから受ける。

イグリス川を国境としているチャーンド、アーフタープ両国は、いくつかその川に橋をかけているが、警備と検問が厳しい。男性のオメガをチャーンド帝国が探している今、キラを連れての越境は難しいのだという。そのため、まず帝国西部の港町まで数日かけて移動し、商船に乗り換えて別の島国経由でアーフタープ王国に入る計画だ。

「お隣の国なのに……そんなに国境は厳しいんですね」

「一触即発というわけではないのですが、互いに水面下でなんとか相手の弱みをつかんで優位に立とうとしている状況です」

王太子の寵妃が国内にいると分かったチャーンド帝国は、これを好機とし国内のすべての男性オメガに憲兵を派遣して調べているらしい。

「あの村が辺鄙《へんぴ》な場所にあったので調査の手が及んでいなかった。その分、捜していたこちらも時間を要したのですが」

ゾ、と背筋が冷えた。もしジャムシードより先に憲兵があの村の調査に入っていれば、記憶のない自分は危なかったのではないだろうか――と。

「ですので、馬車内では私を従者と思っていただいていいのですが、外に出たら私たちは〝裕福なアーフターブの商人が家族同伴で商売に来ている〟ふりをしなければなりません」

「それって、具体的にはどんなことをすれば……?」

ジャムシードの言い回しがあまり理解できない。

「特に何をしろというわけではありません。あなたは私の妻、そしてミールは私の息子として振る舞うだけです」

ジャムシードはキラの手を取り、左手の小指に真っ青な石の指輪をはめた。

「これは」

「アーフターブの既婚女性やオメガは、色のついた石を身につけます」

小指をまじまじと見つめると、石の紺碧《こんぺき》に吸い込まれそうだった。

「中古で申し訳ない、新調する時間がなかったもので」

「いえ、むしろこんな高級そうな指輪……僕の所持金はわずかですのでなくしたら弁償できません」

「差し上げますのでお気になさらず」

どこかで急きょ買ってきたのだろうか、とキラは指輪を見つめる。その美しさにうっとりしながらも、眉尻《まゆじり》を下げたり眉根を寄せたりした。

「おろおろしてどうしましたか」

「いいえ、あの……いただきものなんて初めてで、こういうときなんと言ったらいいのか分からないんです……」

ふはっ、とジャムシードが吹き出す。

「『ありがとう』でいいんじゃないでしょうか」

顔つきは凛々《りり》しいのに、花が咲くように笑う人だなと思った。ときどき嫌みだけれど。

「あの、僕の本当の名前は、なんというのでしょうか」

変な質問だな、と自分でも思うが、やはり気になっていた。キラという名は村でつけられたもの。本当の名を聞けば、ルーツを思い出す鍵《かぎ》になるのではないかと思ったのだ。

しかし、ジャムシードは意外にも黙って首を振った。

「言えないのです」

ジャムシードは昨夜《ゆうべ》、この一帯で高名な医師にキラの記憶喪失について相談していた。もちろん身分は明かさずに。医師からは「無理やり思い出させると精神に二次障害が起きるかもしれない」と忠告を受けたのだという。

「本国に到着してから、専門医のもとで少しずつ治療を受けたほうがいいとのことで、なるべくあなたに過去の情報を伝えないようにと厳しく言われております」

正論だったが、知らないままではもどかしい。自分はどんな人物で、どんな暮らしをしていて、そして番で王太子というのは一体どんな人なのか――。

キラは押し黙ってしまった。村にいたころは何かと仕事を言いつけられていたし、ミールを守り育てることに必死になっていたので、何も考えずにいられたが〝自分の知らない自分〟の存在を知ると〝今の自分〟が揺らぐ。記憶を失う以前の自分が、敵のようにも思えてくるのだった。

「じゃあ年齢だけでも……二十代だとは思うんですけど」

「それくらいならいいでしょうか……失踪が二十歳《はたち》なので、現在は二十五ですね」

自分の予想より少し上だった。村の二十代と比較すると自分は若く見られていたからだ。

(僕は二十五歳なのか)

なぜか口元がほころんだ。凍結していた頭の一部がパキと音を立てて溶けた気がする。

「もっと知りたいです」

「お伝えしたいのはやまやまなんですが、医師が……」

ジャムシードが困惑しているようで、目を閉じて腕組みをしている。

「とにかくあなた方をアーフターブへお連れすることが優先です」

馬車内での会話に飽きたのか、ミールがおもちゃの木刀を振り回し始める。

「こら、ミール」

「ぼくはきしだから、たんれんしないといけないんだ」

先ほどジャムシードに言われた言葉を真に受けているらしい。ジャムシードが高笑いして、その調子だ、と褒めた。

「ミール、今日からしばらく私が君の父役です。しっかり剣術を教えてあげましょう」

そう言いながら、ジャムシードはミールに柄の握り方を教える。

「ちち……？」

「そうです、馬車の中では自由ですが、外に出たら私を父さまと呼んでくださいますか？私も丁寧な言葉遣いではなくなります、父親ですからね」

練習してみましょう、とミールを促す。

「と、とうさな」

「惜しい」

「とうさま！」

よくできました、と大きな手がミールの頭頂部をなでる。なでられた本人は、突然キラの膝にしがみついて顔をこすりつけてきた。

「どうしたの、ミール」

のぞき込むと、顔を真っ赤にしていた。

「は……はずかしい」

父を知らないミールにとって、男性を父と呼ぶことも、その男性からなでられることも初体験なのだ。両側に立つ両親と手をつないで、歩いたり持ち上げられたりする子どもの姿を、こっそり盗み見ていたのをキラは知っている。

キラはそっとミールの黒髪をなでた。

「上手に言えたね、きっと父さまはお菓子も買ってくれるんじゃないかな」

「もちろんだ！」

ジャムシードは突然父親のような口調で腕を組み、わざとらしくふんぞり返ってみせる。

ミールが顔を上げて、ぱっと表情を明るくした。

「剣術だってしっかり教えるぞ、父は厳しいが鍛錬についてこれるかな？」

「はい！　母さまをまもるりっぱなきしになるんだ」

鼻息をフンと荒くして、ミールはおもちゃの木刀を高く掲げた。

二人のにぎやかな剣術談義を見守っていたキラは、この旅路への不安が少しだけ薄れた気がしたのだった。

街、と呼ばれるほど人口の多い地域を知らないキラは、馬車を降りて身体を硬直させる。

（人が羊みたいに群れてる！）

広い通りには馬車や荷台を引いたロバなどが行き交い、商店や民家が入居する土壁の建物がひしめいている。歩行者も、村の洗濯場以上に密集していた。

「このあたりで一番栄えている街だ、今日はここで一泊する」

夫、父親らしくくだけた口調になったジャムシードが、通行人との衝突をかばうようにキラの肩を抱いた。ストールで髪や顔を隠したキラは、こくりとうなずく。声でも男性だとばれてしまうので、大声で話さないよう指示されたのだ。

「ミールは手を離さないようにな」

ジャムシードのもう片方の手は、ミールとつないでいる。

「は、はい」

ミールは気恥ずかしそうにうなずく。思いついたキラがミール側に回り手を取った。

「三人で手をつないで歩こう」

「少し歩けば市場だ。菓子も売っているぞ、欲しいものがあれば言いなさい」

ジャムシードの呼びかけに、ミールはもじもじとしながら言った。

「ほしいものはないけど、あの、ぴょーんってとびたい……」

ジャムシードが首をかしげるので、キラが説明した。

「両側の大人がつないだ手を高く上げて、子どもを跳ねさせる……あれです」

父役のジャムシードもピンときたようで、さっそく付き合ってくれた。

「せーの……ほら飛べ！」

ジャムシードとキラがミールの跳躍に合わせて、つないだ手を高く掲げる。

「ぴょーん！　わーっ、もういっかい、もういっかい」

地面から高く足が離れて大はしゃぎのミールは、珍しく無邪気な笑顔を浮かべた。村では母に気を遣わせまいと、子どもらしい欲求を我慢していたのを知っているだけに、キラはそれだけで目頭が熱くなる。

同時に、村に残りたいと訴えた自分を恥じた。

（それしか生きる術《すべ》がないと思っていたけど、ミールに不自由な思いをさせ続けるということだったんだ……）

キラの右目から勝手に涙がこぼれ、気づいたジャムシードが手巾で拭ってくれた。

「どうした？」

「母さま、どこかいたいの？」

二人そろってキラの顔をのぞき込む。

「ううん、僕はミールに謝らなければ。ずっと不自由な思いをさせてごめんね……ずっとつらかったよね……」

キラは地面に膝をついて、ミールと視線を合わせる。

「こんなふうに笑っているミールが見られて嬉《うれ》しいよ……ごめんね、ごめんね」

ミールの後頭部を引き寄せて、強く抱き込んだ。

「母さま……？」

言われた当人は戸惑った声を漏らしながらも、小さな手でキラの背中をぽんぽんとたたいてくれる。村でぞんざいな扱いを受けるキラを、このように慰めて支えてくれるのがミールだった。それも自分がしっかりしていれば必要なかった役割なのだと思うと、環境による不自然な成熟にすら思える。

「もう村にいたころのように、いじめられたり働かされたりすることはないんだ……したいことも、欲しいものも、わがままもたくさん聞かせてくれる？」

「……うん！」

ミールはぎゅっとキラに抱きついて、ふわふわの頰《ほお》をキラに密着させるのだった。

「では一日三回、わがままを言う決まりにしよう」

ジャムシードが人差し指を立てて提案する。言ってごらん、と促されたミールだが、そんな経験が少ないので思いつかない。

「じゃあまず市場を見渡して、のぞいてみたい店を指さしてごらん。そこにみんなで行こう」

いいのか、と見上げてくるミールを、キラは笑顔で抱き上げた。

「ほら、見渡せるだろう？　どのお店に行きたい？」

四十店舗ほどが並ぶ露店の中から、ミールは煙を上げている串焼《くしや》きケバブの店を指さす。

ジャムシードが串焼きを人数分買ってくれた。羊のひき肉が棒状になったその串焼きには塩とスパイスがまぶされていて、ミールの串には甘いチャツネが絡んでいた。

かじりつくと、じゅわっと肉汁が広がった。ほどよい塩気が広がり、肉のうまみと一緒にスパイスが利いてくる。

「わ……お肉おいしい……」

「おいしいね、母さま！」

二人でふふふ、と笑い合って串焼きを頬張る。買い食いという行為も初めてならば、羊の肉をこんなにたくさん食べるのも初めてだった。

親子の新鮮な反応に、ジャムシードが訝《いぶか》しむ。

「羊を飼っていたじゃないか、珍しくないだろう」

羊の肉が食べられるのは年に一度の祭りくらいで、そんなぜいたくはできないと伝えると、ジャムシードはさらに店主から五本も串焼きを買って押しつけてきた。

「もっと食べなさい。道理で痩《や》せていると思った」

「いや、そんなにたくさんは……」

ジャムシードが有無を言わせず口元に串焼きを差し出す。

「ほら、口を開けて」

仕方なくかぶりついた先端にはチャツネが載っていて、芳醇《ほうじゅん》な果実の味わいが一緒に広がった。

「！」

スパイスとチャツネの調和が絶妙で、キラは口元に手を当てて驚く。その間にもジャムシードがミールに「肉は騎士の筋肉のもとだ」と講釈を垂れていた。口をもぐもぐとさせながら、その光景を眺めていると、にゅっとジャムシードの手がこちらに伸びてきた。

キラの口元のチャツネを、ジャムシードが手巾で拭ったのだ。

夫のいる世の女性は、番のいるオメガは、いつもこんなふうに優しくしてもらえるのだろうか、と思った。

「さあ、次はどこに行こうか」

まだ咀嚼《そしゃく》しているミールを肩に載せ、ジャムシードが立ち上がった。長身の男性に初めて肩車されたミールが高さにひるんだのは数十秒で、その後は目を輝かせて市場を見回していた。

不思議な騎士だな、とキラは彼を見上げた。

人を食ったような態度を見せたかと思えば、息子にはこのように温かく接してくれる。

いちいち癪《しゃく》に障るのは自分が狭量なせいではないかとすら思えてくるのだった。

ミールの誘導でひときわ甘い香りをさせた店に寄り、ラスグラという牛乳団子のシロップ漬けを買う。その甘さに悶絶《もんぜつ》しながら、キラは今後の予定について説明を受ける。

「ここからは隊商の規模を縮小し、騎馬兵隊は解任する。いったん宿に行こう、合流したい人物がいる」

案内されたのは、貴族向けの高級な宿泊施設だった。ジャムシードによると、今日はこの石造りの建物ごと貸し切っているらしい。

「この宿屋は口が堅いので、ストールを外しても大丈夫」

髪や顔を覆っていたストールを外すと、女中がそっと受け取ってくれた。

「わ、す、すみません」

ミールの食べ残しも預けてしまい、ペコペコと頭を下げる。こんな待遇は心臓に悪い。この女中たちですら、これまでの自分たちに比べると何十倍もいい暮らしをしているはずなのだから。

ジャムシードは宿屋の主《あるじ》に、配偶者が男性のオメガであること、外出時には女性のふりをしていること――を説明していた。

案内された広い部屋には「ひええ」と声を上げてしまった。

五人は休めるような寝台は天蓋《てんがい》付きで、接客間は村の会合が開けそうな広さだ。

「お履き物を室内用になさいますか？」

女中が室内履きを手にやってくる。椅子に腰かけるよう促されると、女中は足首に巻いた靴の平布を解いていく。寝台に寝かされたミールも同じように靴を脱がせてもらっていて、キラは失神しそうになっていた。

（お金持ちって分からない、どうして自分でできることを人にしてもらうんだろう）

一人の青年が、帳《とばり》をまくり上げて入室する。

「ウマル、よく来てくれた」

ウマルと呼ばれたその人物は、背はジャムシードより低いものの筋肉質で分厚い身体つきをしていた。帯刀しているので武人のようだが、初めて会った日のジャムシードのような騎士風ではなく、庶民らしい身なりだった。「護衛についてもらう傭兵《ようへい》のウマルだ」と紹介されたが、人払い後に明かされたのは、ウマルの意外な身分だった。

「き、騎士様なのですか」

「そう、私の同僚です」

同僚と紹介されたウマルは、人好きのしそうな笑顔を浮かべてニッと歯を見せた。

「さすがに騎士が護衛じゃ身分を疑われるんで、傭兵ってことで同行させてもらいます」

一重の三白眼はともすれば人相が悪く見えるが、表情が豊かなせいか恐ろしさは感じなかった。

「いやあ、まさかこんな仕事が回ってくるとは……ご無事で何よりです、身命を賭《と》してお守りいたします」

ウマルが片膝をついて、キラの指先に額を添わせた。

「首尾は文で伝えた通りだ」

「分かってる、こう見えて俺は演技得意だからさ。でも護衛は俺一人でよかったのか？」

ばちん、と右目を閉じてみせるウマルに、ジャムシードが含み笑いを返した。

「私も武術はたしなんでいるぞ、一応な」

「そうでした、たくましい騎、士、さ、ま」

長年の付き合いなのか二人のやりとりは小気味がいい。

「やや、こうやって見ると面影ありますねえ。髪もばっさり切ってしまって別人のようだけど、笑い方は一緒だ。記憶がないなんて不思議なくらいだ」

ウマルがひょいとキラをのぞき込む。髪といえば、ジャムシードが持ち歩いていた肖像画の自分は、胸元までの長い髪を携えていたのを思い出す。

「髪は切りました、水がもったいなくて」

意識を取り戻した当初はあの絵のように長かったが、洗髪のために貴重な水を使うまいと短くしたのだ。それを聞いたウマルは、目頭を押さえて嘆いた。

「どんな生活してたんだ……水のために髪を切るだなんて」

「貧しい村だった。イグリス川のほとりにあるのだが、村の土地が川の水面より高いせいで水が引けない。井戸水頼りだ。この国はかんがい事業が大幅に遅れているせいで、都市部と農村部の貧富の差がまだ激しいようだ」

ジャムシードは説明しながら、何かに気づいたようでキラを振り返る。

「そうだ、お疲れでしょうから湯あみの用意をさせましょう」

ミールが目覚めるのを待って浴場へ行くと、数人の女中が深々と頭を下げる。案内された先でキラは思わず声を上げた。

「うわ、湯船だ」

石を敷き詰めた浴槽に、湯がなみなみと張られていた。

「すごい……こんなにお湯がたくさん」

いつもは親子で桶一杯ほどの水を使って、気温の高い昼間に身体を清めてきた。湯など薪《まき》まで必要になるのでもってのほか。初めて見る湯殿にミールは大興奮だ。

「こ、この中に入るんですか？」

「ええ、坊ちゃまもご一緒ということでぬるめにしておりますので」

おもむろに入浴衣を脱がそうとするので、キラは慌てた。

「じじじ自分でできます！」

「湯係はこれでお給金をいただいてますので、仕事を奪わないでくださいませ」

ミールとともにたっぷりのお湯と、オレンジの香りがする泡で身体を洗われる。

「女の人に身体を洗われるなんて……」

「慣れていらっしゃらないのですか？　どの宿屋も湯係は女かと思いますが……」

そうだった、自分は今裕福な商人の妻なのだ。

「母さま、みてて、おひげ！」

泡を口元にたっぷりとつけてはしゃぐミールに、緊張していたキラも思わず相好を崩す。

おかげで風呂《ふろ》を担当する女中たちとは雑談ができるくらいまでには、くつろげるようになっていた。

「オメガの殿方は美しいとのうわさは本当なのですね……お肌も象牙《ぞうげ》のようですわ」

「いや、僕はただの……」

「旦那《だんな》様もとっても麗しいお方なので、みんな見とれていたんですよ。絵巻から出てきたようなアルファとオメガのご夫妻だって」

確かに昼間の市場では、誰もがジャムシードを振り返っていた。それは羽振りがよいからではなく、その端整で凛々しい容姿に衆目が集まっていたとキラも思うのだ。

「そうですよね、背も高くて脚も長くて。初めて会ったときは本当に驚きました」

とはいえ、ジャムシードはアルファのふりをしているだけで、本当の第二の性は知らないのだが……。

「ふふ、奥様は旦那様のことがとてもお好きなんですね」

「あっ、そ、そうですね……ハハ」

湯係の指摘で、キラはまた自分が発言を間違えたことに気づく。

（これじゃあのろけじゃないか）

恥ずかしくなって湯船に胸元までつかると、温かい湯に疲れが溶け出していくようだった。首肩は二人がかりでのマッサージを受ける。

「力加減はご指示くださいね、オメガの殿方のマッサージは初めてで、ちょうどよい力加減が分かりませんので」

「こんな都会でも、男のオメガは珍しいんですか」

女性たちによると、めったに見ることができないという。

「そもそも発情期のあるオメガは容姿がよいというのも手伝って、なるべく外に出さず大切に育てるご家庭が多いのです。中でも男性のオメガは誘拐されて売られてしまうこともあるので、かなり警戒が必要なのだとか」

湯につかっているはずなのに背中がぞわりと冷たくなった。そんな背景があるからこそ、宿屋の主もキラの女装を怪しまなかったのだろう。

祖父の話では、キラが川辺で発見された当時、奴隷用の足輪をつけていたというのだから自分もなんらかの理由でそのように売られたのかもしれない、とも思い至った。

「隣国のアーフタープでは、そんなひどい扱いは受けないそうですが」

「どうしてだろう、もともとは同じ国だったんですよね」

「男性オメガの保護も兼ねた後宮があったそうで」

ジャムシードの話と照合すれば、おそらくかつて自分が暮らしていたところなのだろう。

しかし、キラは「あった」という過去形に引っかかりを覚える。

「今は？」

「後宮は取り壊されたと聞いておりますが、詳しいことは……」

後宮なき今、自分はどこに連れ戻されるのか——。

「そ、そうなんですね。王様がオメガ嫌いにでもなったのかな」

「うわさでは、王太子の正妃が嫉妬《しっと》深いお方なのだとか……」

頭を横から殴られたような衝撃だった。

（僕にとってはたった一人の番でも、王太子には僕以外にも番や妻がいるんだ。後宮を持っていたくらいなのだから、きっとたくさん……）

ジャムシードは王太子と自分の関係は良好だったと説明したが、内心ではその他大勢の一人であることが嫌になって後宮を逃げ出したのでは——そんな疑念もよぎる。

浴槽にすっかり慣れたミールは、ぱしゃぱしゃと犬かきではしゃいでいる。丸いお尻がぷっくりと湯船に浮かんでいて愛らしい。キラはその無邪気な笑顔を眺めてきゅっと唇を噛んだ。

（僕のような、たくさんいる側室の一人が減っても困らないはずだ。そうなると王太子が僕を探している目的は、彼の血を引いたこの子なのか）

やはりどこかでミールを連れて逃げ出さなければならない、と強く決意したのだった。

ジャムシードや、今日合流してくれたウマルには申し訳ないが、ミールを奪われるわけにはいかない。

頬を紅潮させたキラとミールが寝間着姿で部屋に戻ると、ジャムシードが絨毯の上に地図を開いて待ち構えていた。彼も寝支度を終えている。

「お戻りですね、水をどうぞ」

長湯を気遣ってか、陶製の水差しから丸い水呑《みずの》みに果実水を注いでくれる。親子でそれを飲みつつ、ふかふかの絨毯に腰を下ろしてジャムシードの説明を聞いた。ミールも分からないなりに真剣にのぞき込む。

「日程としては、徐々に隊商の規模を縮小しつつチャーンド国内を四泊程度で移動し、船で出国。タバ島に一泊して、そこからアーフタープに入国です。間に合えば明日からアーフタープにゆかりのある侍女を一人付けます。ウマルと同様すべて事情は知っておりますので、困りごとなどあればご相談ください。何かご質問は？」

「あの、僕はいつまで女装を？」

「恥ずかしいですか」

「いえ、嘘をつくのが苦手というか……飴《あめ》屋さんでも女性だという理由でオマケしてもらって、心苦しくなっちゃって」

ジャムシードの表情がわずかに柔和になった気がした。

「何か?」

「いえ、嘘がお嫌いなのだなと思って。チャーンドを出国すれば女装は必要ありません。タバ王国には我が国の公使がいますので、そこからは彼の船を使います」

地図をたたんだ際、ジャムシードの黒髪が肩からパサリと落ちた。昼間一つに束ねられていたつややかな直毛は、就寝のためか緩く編まれている。こう見ると長さはみぞおちにまで届きそうだ。

「ジャムシードさまの髪、長くておきれいですね。アーフターブの男性は長髪が多いんですか? 僕の肖像画も長かったし」

これですか、と編んだ髪を揺らしてみせたジャムシードは「もう切ってもいいのですけれど」と答えた上で、アーフターブでは男性は短髪が多いと教えてくれた。そういえばウマルもさっぱりと短い。

「どうぞジャムシード、とお呼びください。一般的な夫婦は互いに敬称をつけませんので、今後宿泊先の従業員の前などでもお気をつけください」

「でもジャムシードさまは騎士――」

「ジャムシード」

敬称をつけずに呼ぶよう促したジャムシードは、肘置《ひじお》き用の枕《まくら》に体重を預け、くつろいだ体勢を取る。横髪がさらりと揺れて大人っぽい雰囲気を醸し出していた。

「ジャ、ジャムシード……は騎士様だし、たぶん僕より年上ですよね……そんな失礼なこと……」

「年齢はまもなく三十になりますが、あなたは本来騎士を呼び捨てにできる立場なのですよ」

王太子の寵妃という身分ならジャムシードの言う通りなのだが、先日まで羊の世話や下働きをしていたキラには抵抗があった。

「じゃむしーど」

ミールがまねをして復唱するので、二人で顔を見合わせて吹き出してしまう。

「ミールは、私のことをなんと呼ぶのだったかな？」

ジャムシードがミールを呼び寄せ、膝に座らせる。おそるおそるそこに腰かけたミールはちらりと上目遣いでジャムシードを見ると、陶器の水呑みで顔を隠しながら「とうさま」と答えた。

「よくできました。歯磨きは終わりましたか？　ではおやすみの時間です」

大きな手に頭をなでられたミールは、母親以外からのふれあいに照れているのか、空になった水呑みの縁を小さな口ではむはむと食《は》んでいた。

(そういえば家族のふりをするのだから、一緒の部屋で休むのかな)

ミールを寝台で寝かしつけ終えると、ジャムシードが「では明朝に」と頭を下げた。

「あっ、別室でお休みになるんですね。家族のふりをするから一緒かと思ってました」

何かに気づいたようで、ジャムシードが口ごもる。

「そうでした、お伝えする機会がありませんでしたね……その、私はアルファですので」

(アルファ)

全身の産毛が逆立つような感覚だった。村にアルファがいなかったため、身近にいるとは想像もしていなかった。

(初めて見るアルファだ)

もちろん自分の記憶の限りでは、だが。

「同室だと安心してお休みになれないかと」

オメガの媚香に発情を誘発される可能性のある異性に、自分は「寝室は一緒じゃないのか」などと言ってしまったのだ。顔が湯を沸かした鉄瓶のように熱くなり、その混乱ぶりを表すように両手がおろおろと彷徨《さまよ》った。

「あっ……もしかして僕、すごくはしたないことを言ってしまったんでしょうか……」

寝間着の襟首を無理に引っ張って顔を隠した。

村で「やもめオメガ」だの「身体で借金を払え」だのと罵《ののし》られていたときは何も感じなかったのに、今は地面に穴を掘って飛び込みたいほどの羞恥《しゅうち》に襲われている。

顔を覆っていたキラの襟元を、ジャムシードが整える。そしてこうなだめてくれた。

「ご報告を失念していた私が悪いのです。アルファの本能を抑制する丸薬を長く服用していますので、あなたを傷つけるようなことはありませんが、念のため別室とさせていただきます。ゆっくりお休みください」

抑制薬の長期服用など初耳だなと思っていると、キラの肌がピリッと痺《しび》れた。襟からジャムシードの指が離れる瞬間、爪の先が鎖骨をかすめたのだ。何度も起きる静電気のような現象は、彼がアルファだったからなのだと合点がいく。

「お、おやすみなさい」

部屋入り口の垂れ幕をかき分けて出ていく彼の背中を、紅潮した顔で見送った。

キラはそのまま寝台に飛び込み、すーすーと寝息を立てるミールの頬をぷにぷにと触って、乱れた心を落ち着けるのだった。

「おはようございます、奥様、坊ちゃま」

食事を盛った皿を抱えた給仕係たちが、ぞろぞろと部屋に入ってくる。最後に入室してきたサリー姿の女性が深々と頭を下げた。

「本日よりお仕えいたします、ヤスミーンと申します」

昨夜ジャムシードが言っていた、事情を知っているアーフターブ王国ゆかりの侍女だ。顔を上げたヤスミーンは、長い下まつげが特徴的な細面の女性だった。女性にしては上背があるようで、あまりキラと変わらない。

村の祭りで並ぶような豪華な朝食に、ミールは歓声を上げた。焼き立てのナン、クレープ状のチャパティ、ひよこ豆と鶏肉の煮込み、旬《しゅん》の果物や甘味――。

「どれをお取りしましょうか。お飲み物はお茶になさいますか？　坊ちゃまは果汁がよろしいでしょうか、牛乳もございますよ」

給仕係に声をかけられるが、品数が多すぎて何から手をつけたら正解なのか分からず、硬直してしまう。うろたえるな、うろたえるな、とキラは自分に言い聞かせた。侍女のヤスミーン以外には豪商の妻のふりをしなければならないのだ、「余ったら持って帰っていいですか？」などと言ってはいけないのだ――と。

ミールを見ると、喜び勇んで出された食事を頬張っている。

「おいしいね、でもたべきれないね」

「坊ちゃま、お好きな分だけお召し上がりください」

「のこしたくないなあ、ぼくがもっとたくさんたべられればいいのにな」

牛乳を飲みながらミールがそう漏らすので、給仕係の一人が提案する。

「それでは旅の途中でつまめるようにお包みいたしましょうか。お気に召した料理をおっしゃってください」

「いいの？　わーい、ありがとうございます！」

「まあ、給仕の者にまでそのように……お優しい坊ちゃまですこと」

キラはやっと手に取った果物を咀嚼しながら、ミールの立ち振る舞いに衝撃を受けた。

普段通りのミールなのだが、立場が変わればまるで〝食べ物を粗末にせず、使用人にも礼儀正しい子〟なのだ。

（子どもってすごい……！）

食事を終えると身支度が始まる。昨日の服を着ようと思ったが片づけられていて、代わりに侍女のヤスミーンが持ってきた衣装をせっせと着せられていく。

「昨日は簡素なご衣装でしたので、今日はおめかししましょう」

「十分立派でしたよ……！　わ、なんですかこれ」

キラは、鏡の中にいるサルワール・カミーズ姿の自分に驚嘆の声を上げた。

サルワール・カミーズとは、二股《ふたまた》に分かれた下半身用の衣服「サルワール」と、丈長のふわりとしたシャツ「カミーズ」の上下のこと。そこにストールをまとうのが女性の着こなし方だ。

麻布を巻きつけた村の着物と違って、着せられたサルワール・カミーズはしっかりと縫製されている。金刺繍が施された青紫の生地は、昨日のサリーよりさらに上等だった。ストールも素材は違うものの服と同じ色に染められていて、縁には金糸の房が飾られている。

「昨日のうちに旦那様がご用意されたものです、刺繍も色もお似合いですよ」

ヤスミーンの説明につい、汚してしまったらどうしよう、と言いかけて口を手で塞《ふさ》ぎ取り繕った。

「主人にお礼を言わなければ……今どちらに？」

朝早くに取り引きがあると出かけている、とのことだった。そういえば昨夜、見せかけの隊商だとばれないように、実際に品物を買い付けして実績を残しておく、と話していた気がする。ヤスミーンは、護衛のウマルが部屋の前で待機していることも教えてくれた。ジャムシードの不在でキラが不安にならないように、とのはからいだろう。

「これほんとうにぼくのふく？」

キラと同じように上等の子ども服を着せられたミールが、宿屋の女中に不思議そうに尋ねていた。

「まいったなあ……」

今度は深刻な表情で大人っぽいせりふを吐くので、女中たちは機嫌を損ねたと思ったのか「お気に召しませんでしたか」と顔色をうかがっている。キラはハラハラした。こんなお金持ちの服は着られない、いつもの麻布がいい、などと言い出さないかと――。

ミールはきりりとした表情でこう言った。

「あの、こどもようの、きしのふくはありませんか。ぼく、母さまをおまもりしなきゃいけないから……」

初対面でジャムシードが着ていたような服が欲しかったのだ。それがないと分かると、ミールは「しょうがないな、じょうずにたたかえるかわからないけどがんばろう」とぼやきながらおもちゃの木刀を腰ひもにぐいと差し込む。

キラを含むその場にいた全員が、小さな騎士のかわいらしさに心臓を打ち抜かれて震えたのだった。

支度を終えたころ、ウマルが部屋に顔を出し出発を告げる。馬車の前ではジャムシードが腕を組んで待っていた。

「お待たせしました、ジャムシード。あの、新しい立派な服を用意してくださってありがとうございました」

昨夜言われたように、敬称をつけずに名前を呼ぶ。ジャムシードは満足そうに目を細めた。

「妻を着飾ることで見栄を張っているだけなのだ、付き合わせているこちらこそ礼を言わなければ」

　夫になりきった口調が演技とは思えないほど様になっている。キラが馬車に乗るために手を貸しながら、さらにこう付け加えた。

「君はその色が――青がよく似合う」

「……青？」

　自分の顔を隠すように巻いたストールをつまんで、ジャムシードを見上げた。

「青というより紫に近いのでは？」

「私にとってはこれが青なんだ。色素の薄い君の瞳や肌によく映える」

　愛妻家を演じているのだろうが、キラにはその囁きの意味が理解できないでいた。

　馬車に乗り込むと、ミールの手を引いていたヤスミーンが、最近この青紫色が巷《ちまた》で流行しているのだと教えてくれた。

「この色をした新種のバラが人気で、その影響を受けているようです」

　バラ、と聞いてキラはごくりと喉を鳴らした。よくうなされてきた悪夢でずっと香っているあの花――。

　キラはふと気づく。

（どうして僕はバラの香りだと知ってるんだろう、村にはバラなんか咲かないし、バラそのものも本の挿絵でしか見たことがないのに）

眉根を寄せて「うーん」と唸《うな》っているキラに気づいたのか、ミールが手を握ってくれた。小さくて温かくて、少ししっとりとした手だった。

「ありがとう、僕の騎士様」

そう礼を言うと、へへ、と照れながら膝によじ登り、背中を向けてそこに座った。優しく抱き留めると、ミールはキラに寄りかかる。ずっしりとした重みが感慨深い。この間までふにゃふにゃの乳児だったのに、こんなに骨も体幹もしっかりするとは――と。

これまで母が忙しく村の雑用に駆け回り、ときにはミール本人も手伝っていたため、こんなふうに彼が子どもらしく甘える時間も、母が成長を意識する余裕もなかったのだ。

ジャムシードが乗り込み、馬車が発進する。次の街に到着するのは夕刻だという。

「街を出たら、ほとんど人には会わないのでストールは外していただいて大丈夫ですよ」

「あの、ヤスミーンさんやウマルさんはどちらに？」

「ヤスミーンは後方の馬車に、ウマルは――」

ジャムシードが幌から下がる幕を開けると、鹿毛の馬に乗ったウマルが揚げ菓子を片手にひょっこり顔を出した。

「ちゃんとおそばにおりますよ、ウマルにお任せください」

もぐもぐと揚げ菓子を咀嚼しながら笑顔を見せるウマルに、ジャムシードは皮肉を放つ。

「安心してお任せできる態度だな」

「いつの間にか飯食っておくのも仕事のうちですよ、旦那」

同僚だという二人の会話から親密さが伝わってくる。馬に乗ってみたいと言うミールにも、ウマルが「休憩のときにでも乗せてあげますよ」と応じていた。

馬車の中では、ミールを介して会話が弾むが、彼が寝てしまうと何を話していいか分からなくなっていく。昨日はまだ警戒心が強かったのもあったが、今日はジャムシードがアルファだと知って余計に話しづらくなってしまったのだ。

(性別で態度を変えるわけじゃないけど……)

膝枕ですうすうと眠るミールの黒髪をなでて、時間が過ぎるのを待つ。そのうち自分も気を張って疲れていたのか、うたた寝をしてしまっていた。

どれくらい寝たのか分からないが、目覚めたのには理由があった。

視線だ。

ジャムシードが自分を見ている。

キラは敏感なほうではないが、距離が近いせいか、目を閉じていても彼の視線を浴びているのが分かった。

(いやだな、ジリジリする)

まるで真夏の日差しに焼かれているようだ。ここでぱちりと目を開けて「何見てるんだ」とも言いにくいし、このまま休憩まで耐えられる自信もない。しばらく悶々《もんもん》としていると、車輪が石に乗り上げたのか大きく揺れた。

キラは、これ幸いと振動で目覚めたかのように顔を上げた。

（あれ）

ジャムシードは垂れ幕の隙間《すきま》から外を眺めている。

（初めて見るアルファだからって僕が意識しすぎているのかな）

横顔をもう一度盗み見ると、心なしか彼の目が赤いような気もするのだが。

キラの視線に気づいたジャムシードが「いい場所があったら休憩しましょうか」と微笑んだ。春の日差しが差し込むせいでジャムシードの輪郭が発光しているように見えた。

地平線が見渡せるほど開けた草原で馬車を止めると、後ろの幌馬車からヤスミーンが小走りでやってくる。周辺で一番の大木の陰に薄手の絨毯を広げ、手早く肘置きや背もたれ用の枕、日よけ傘を設置していく。隊商――といっても売りさばくつもりのない商材を運んでいるだけなのだが――の面々にはウマルが休憩するよう指示を出した。

宿屋から包んでもらった料理の他にも、ヤスミーンが軽食を手配していたようで、絨毯が広げられた一角には、やはりキラにとっては豪勢な食事が並んだ。先ほどまで寝ていたミールはまだぼんやりしていて、キラに寄りかかって顔をこすりつけている。

遅れて絨毯に腰を下ろしたジャムシードが、干しあんずをつまんだ。

「空気のいい屋外で食べるのもいいですね」

「僕は日に三食というのはどうも慣れません」

子どもたちのおやつを除き、村では朝夕の二食だった。富裕層は二食の間にこうやって軽食をとると聞いて驚いた。

ヤスミーンに差し出されたバナナの葉には、ビリヤニという炊き込みご飯と野菜のヨーグルト和えが載っていた。

そのビリヤニにころりと肉の塊が入っている。しばらく見つめ、ようやく気づいた。

「牛肉だ！」

キラは悲鳴に近い声を上げた。牛肉なんて村長の三男の結婚式で一度食べたきりの高級食材だ。

ジャムシードがチャパティを口に詰め込みながら、不思議そうに見上げてくる。

「ええ、牛肉ですね。あまり質のいい肉ではなさそうですが、お嫌いですか？」

悪気のないジャムシードの返事に、張り詰めていた神経の糸がぷっつりと切れる音がした。

「質とか好き嫌いを言ってるんじゃないんですよ」

膝立ちになったキラは皿代わりのバナナの葉をジャムシードに突きつけた。

「僕はですねっ、村で一度しか食べたことないんですよ牛肉。ミールなんか初めてですよ！　そんな高級なお肉が草原のど真ん中で、バナナの葉っぱに無造作に載っかって出てきたときの僕の気持ち分かりますか、分かりませんよね？　これだからお金持ちは！　これだから！」

ここぞとばかりに錯乱した。今そばにいるのは、自分が貧しい村に住んでいたオメガだという事情を知っている者だけなので、これまでのぶんまでたっぷりと。

ミールも含む、その場にいた全員がぽかんと口を開けてキラの喚《わめ》き声を聞いていたが、突如ジャムシードが高笑いをする。

「何がおかしいんですかっ」

「いえ、村でみつけたときのあなたは悲壮感の代名詞のようでしたが、ずいぶんお元気になられたのだなと」

はた、と我に返る。

そういえば、自分はこんなふうに感情を爆発させるようなことがこれまであっただろうか。

従順で、人の言いつけはよく守り、理不尽な仕打ちを受けてもじっと耐える——それが自分の知る限りの〝キラ〟なのに、牛肉のことで顔を真っ赤にして喚き散らしてみると、ずいぶんとすっきりする。村で必死に抑えていた感情の一経路が、プチプチと音を立てて開いていくような気がした。

ある程度食べ終えると、ミールはジャムシードとウマルに剣術や馬の乗り方を教わった。

次第にそれは戦闘ごっこに変わっていき、いつの間にかウマルは悪い怪物の役に、そしてジャムシードは髪が長いというだけの理由で囚《とら》われた姫役を任命された。

「ひめ！　いまたすけます！　このわるいかいぶつめ！」

ミールはおもちゃの木刀でウマルに斬りかかる。ウマルも迫真の演技で応じる。

「騎士ミールよ、お前と姫を一緒に食ってやろう、子どもと女の肉はさぞうまいことだろう」

大木にくくりつけられた囚われの姫・ジャムシードは、裏声で呼びかけた。

「ミールさま、怪物の弱点はお尻です！　はやくアタクシを助けて」

「わかった、くらえ！」

ミールの木刀で尻を狙《ねら》われたウマルが、臀部《でんぶ》を押さえながら草むらに倒れる。

「ぎゃーやめろぉ！　尻が割れた〜！　ガクッ」

「あんずるな……しりはもともと、われている」

決めぜりふのようなものを吐いて、ミールはおもちゃの木刀を腰に戻した。

三人の真剣なごっこ遊びを、キラとヤスミーンが腹を抱えて笑いながら観劇する。その間も、ヤスミーンはキラの手に保湿用の香油を塗ってマッサージをしてくれた。これまでの生活でキラの手が荒れ放題だったからだ。

「この状態だと冬は切れて出血していたのでは？　おいたわしい、本当なら水仕事など縁

のないお方ですのに……これからは何でもおっしゃってくださいね、こう見えてヤスミーンは優秀ですので、どんな願いでも叶えますからね」

「……うん、ありがとう。優しいですね、ヤスミーンさんは」

ヤスミーンはぽっと頬を染めて「ヤスミーンとお呼びください」と丁寧なマッサージを再開する。彼女の手も水仕事が多いのか、女性にしては硬い気がした。

チリ、と視線を感じる。もしやと大木のほうを見ると、いまだ拘束された姫役のジャムシードが、こちらを見て困ったような笑みを浮かべていた。

目が合ってしまったキラは、ヤスミーンに話しかけて視線をそらした。

(こんなときまで夫のふりしなくていいのに)


予定より早く次の街に着き、バザールを散策することになった。

今朝《けさ》発《た》った街も都会だと思っていたが、到着したイブロという地域はさらに栄えていて、バザールも二百店舗を超える規模だった。生鮮食品、加工食品、衣料品、雑貨・土産物《みやげ》など区画ごとに分かれている。呼び込みの声や調理音、大道芸の鳴り物などでにぎやかだ。

「こんなところをうろうろして大丈夫なんでしょうか」

チャーンド帝国が自分を探しているのに。ジャムシードに代わってウマルが説明した。

「人混みはいい隠れみのなんですよ」

　確かに、これだけ人がいれば探しようがない。

「そうか……すごくにぎやかですもんね」

　ジャムシードが解説する。

「この町は大きな二つの川が交差しているため、交易の街として古くから栄えているんだ。欲しいものがあったら言いなさい、大好きな牛肉の串焼きでも食べるかい？」

　説明にかこつけて昼間の逆上をからかわれたキラは、ストールの間から見える瞳で彼をねめつけた。ようやく気づいたのだが、からかわれたキラが怒ったりにらんだりすると、ジャムシードはなぜか嬉しそうにするのだった。それが余計に腹立たしいのだが。

　人の多い場所は、情報が集まる場所でもある。ミールのおもちゃを探している際に耳に入ったのが、村の女性たちもしていたあのうわさだった。

「憲兵が各家庭を回って、男のオメガを探しているんだって」

「知ってる知ってる、アーフタープ王国の後宮オメガがこっちにいるんでしょ。探してどうするのかしら」

　ひやりと心臓が縮み上がる。その場を離れようとした矢先、耳を疑うような会話が聞こえてくる。

「うわさだと失踪は王太子妃の差し金らしいわよ。王太子が後宮のオメガに夢中だからって」

「だから後宮もお取り潰《つぶ》しになったのねえ、豊かなアーフタープも王室の醜聞が広まって大変ねえ」

こんな喧噪《けんそう》の中なのに、意識がそのうわさ話を追いかけてしまう。

(僕は後宮から逃げ出したのではなく、王太子妃に追い出された……？)

女性たちに尋ねてみたい気もするが、女装している今は声を出せば男だとばれてしまうので叶わない。

「王太子に近づいたオメガは処刑するとお触れが出たのも、お妃の嫉妬のせいなのかしら。そのお妃も病に臥せっているらしいから、きっと天罰が下ったのねえ」

頭の中で、ぱちぱちと断片的な情報がつながっていく。後宮を取り壊してオメガを追い出したのに、自分を捜す理由とは——。

病に臥せっている王太子妃のことや、王太子へのオメガ接近禁止令、ジャムシードの「王太子唯一の御子」という言葉を勘案すると、一つの答えが導き出されていく。

(やはり必要なのは僕ではなくミールなんだ、跡取りとして)

春とはいえ、そう気温は上がらない季節だというのに背中に汗が伝う。心拍数が上がって呼吸が浅くなる。

アーフタープ到着と同時に自分は追放、最悪の場合は処刑され、ミールを奪われるかもしれないと思うと、この世の終わりを目の前にした気分だった。

（早く逃げ出さないと……離ればなれどころか、僕が殺されたらミールが一人ぼっちになってしまう）

冷たくなった指先を、懸命にこすって温めた。

「あっ、奥様あれですよ、先ほどお話しした新種のバラ」

付き添ってくれていたヤスミーンがキラの袖を引いた。指さした生花売り場の一角に、ひときわ濃い青紫のバラが並んでいた。鉢植えもあるが、ほとんどは切り花としてかめに並べられていた。花弁がそれぞれ尖《とが》っていて、大ぶりながら凜《りん》とした佇《たたず》まいである。

思わず自分のストールを見る。まさに同じ色だ。

『私にとっては、これが青』

ジャムシードの今朝の囁きがよみがえる。きっと思い入れのある花なのだろう。

向かいの店でミールとおもちゃを見ている騎士二人を置いて、ヤスミーンと生花店をのぞく。ふわりと漂う甘い蜜と花の香りに、キラはどきりとした。

「まだ貴重だと言われているけど、このお店にはたくさん置いてるのねえ」

ヤスミーンが店主に声をかけると、得意げな返事が。

「隣のアーフタープブに太いツテがあるんだ。〝真夜中の青《アーディー・ラート・カ・ニール》〟は香りもいいよ、どうだい?」

――〝真夜中の青〟。

店主が口にしたバラの品種名が、ざらりと聴覚をなでていく。

(なんだろう、この感覚)

意識の底に沈んだ何かが数粒の気泡を吐いて、水面ではじけたような。

どうしますか、とヤスミーンに聞かれたキラは首を振った。先ほどからこの花の香りを嗅いでいると、脚から力が抜けて不安がこみ上げるのだ。

ジャムシードたちと合流しようときびすを返した瞬間、バリンと激しい音がした。ヤスミーンのそばで、切り花を挿したかめが派手に割れたのだ。

「わーっ、そりゃないぜお嬢さん」

店主が頭を抱えて喚く。その声に、周囲がなんだなんだと集まってくる。

ヤスミーンが「なんのことですか」と冷静に問いただすと、店主は目をつり上げた。

「いまこのかめを蹴《け》ったろう? なんだ、庶民の商売道具なら蹴散らしてもいいと思ってんのか」

「蹴っていません。この人ですよ、足を出したの」

彼女が指さしたのは隣に立っていたひげ面の男だった。

「何言ってんだ、そいつは俺の弟だよ。そんなことするわけないじゃないか。ちゃんとかめと花代、弁償してもらうぞ！　いまここに集まっているみんなが証人だ！」

はめられた、とキラはやっと気づいた。裕福そうな人間が寄ってきたら、かめを壊されたふりをして金をむしり取っているのだ。

「いやですよ、勝手に罪を着せないで」

毅然《きぜん》と断るヤスミーンが頼もしい。キラはおろおろとしているばかりだが、店主の弟だというひげ面の男が彼女の肩をつかんだ瞬間、思わず身体が動いていた。

「やめろ！」

ヤスミーンを抱き込んで、ひげ面の男の手首をつかんだ。

「うちの大切な侍女に失礼なことをしないでください、彼女がかめを蹴り飛ばすわけありません。何かの間違いです」

「その声、男か？」

顔は隠れていたが、声で男だとばれてしまったようだ。抱き込んだヤスミーンは「キラさま……」と言葉を詰まらせている。

「なんでもいい、あんたが雇い主ならちゃんと払ってくれよ。でないと、あとでどんな目に遭うか分からないぜ？」

報復を匂《にお》わせる店主。引き上げられた口の端から、品のない笑みが漏れた。同時にキラはひげ面男に手首をつかみ返される。あまりの握力に痛みが走った。

日差しを誰かに遮られたと思ったら、自分と店主の間にジャムシードが身体を滑り込ませていた。

「どんな目に遭うのか、私に教えてもらおうか店主よ」

ひげ面の後ろにもウマルがぬっと顔を出す。肉をはさんだナンを片手に、口をもぐもぐと動かしていた。

「最近の花屋さんは怖いなあ、どんな商売の仕方してんの」

からかうようにひげ面男の耳元で囁き、三白眼を細める。裾《すそ》を引かれたのに気づき、足下を見るとミールがしっかりキラに抱きついていた。懸命に守ろうとしてくれているのだ。

ジャムシードたちのただならぬ気迫に、店主が「俺の勘違いだったよ」と引いた。

キラは抱き込んでいたヤスミーンを離し、顔をのぞき込んだ。

「大丈夫？」

「……はい、奥様……ありがとうございます、私なんかをかばって危ない目に」

ヤスミーンの頬は紅潮していて、興奮気味だった。

「大丈夫だよ、すぐみんなが来てくれたじゃないか」

キラの肩に大きな手が乗る。ジャムシードだ。

「私はひやりとしたぞ、正義感が強いのはいいことだが、こんなことが続いては心臓が持たない」

「ジャムシードはおおげさです」

「本当だよ、私の大切な家族なんだから。しかし誇らしくもあった。信念に基づいた君らしい行動だ」

衆目の前で恥ずかしい小芝居をしないでほしい、とキラは思いながらうつむいた。赤くなった目元を見られたくなかったからだ。


「奥様、先ほどは本当にありがとうございました」

宿泊先に到着して部屋に入るやいなや、ヤスミーンが深々と頭を下げて謝辞を述べた。

「わっ、やめてください。そんな、顔を上げて」

「嬉しゅうございました、見捨てられることはあっても助けられる経験が乏しかったので、大変感激いたしました。このご恩を忘れず、誠心誠意お仕えいたします」

キラはヤスミーンの身体を起こした。

「侍女のお仕事とはいえ、僕は男ですから、あそこはやっぱり僕が守るべき場面だったと思います。役には立てなかったけど……それに」

一瞬言いよどんで、キラは恥ずかしそうに顔を手の甲でこすった。

「村では女の人たちにあまりよく思われていなかったから……手を香油でマッサージしてくれたり、よろけた身体を支えてくれたり、親切に接してもらって本当に嬉しかったんです。気持ちがホクホクするというか……だから余計に守りたいって思ったんです」

「奥様……」

ヤスミーンの瞳が揺れていた。

ジャムシードがせき払いをして、二人の会話に割り込む。

「勇敢な行動でした。ですがもうあのような危ないことはせずに私たちを呼んでください、あなた方をお守りするのが最優先事項なのですから」

ジャムシードはそう言うと、キラの手首を取った。

バザールでひげ面の男とつかみ合いになった際、強く握られたせいであざができていたのだ。手当てしようとするヤスミーンを、ジャムシードが「私がしよう」と遮った。

軟膏《なんこう》を塗った湿布を貼《は》り、包帯で優しく巻いていく。

キラは顔を上げられなくなっていた。触れるそばから、力が抜けていく気がするのだ。

「手首のなんと細いことか」

「僕以外の男性のオメガに会ったことがないので比較ができないんですが、もともとオメガはたくましくならないと聞いていますので、生来のものかもしれません」

「村でお会いしたときより顔色もよくなっていますので、やはり栄養不足だったと思います。たくさん食べて寝て、旅の途中どうぞ健やかにお過ごしください。もうあなたを搾取するような者はおりません」

自分を気遣う声を聞いているだけで、トクトクと心臓が早鐘を打つ。彼の指先が皮膚に触れるたび、声が漏れそうになる。

この現象は彼がアルファだからなのだろうか、と不思議に思った。やはりアルファとオメガは、磁石のように惹かれ合うものがあるのだろうか、と——。

だったら、余計にこのままではいけない、と自分に言い聞かせる。

その夜、キラはミールをしっかりと抱きしめて寝た。

ジャムシードをはじめ、ヤスミーンもウマルも善良で誠実な人物だと分かっている。彼らと過ごす心地よさも知った。しかし、ミールを守るためには、アーフタープ王国についていくわけにはいかないと固く決意したのだった。

（ごめんなさい、よくしていただいてるのに、ごめんなさい）

月明かりに照らされたミールの顔をじっと眺め、キラは声を殺して泣いた。

（ミールが僕のすべてだ、絶対に離れない。僕が守り抜いてみせる）

その夜、霧がかった夢に出てきたのは、なぜかあのバラ〝真夜中の青〟の中を走る男性の後ろ姿だった。

星空の下で自分の手を引いて走る彼は、短い黒髪がバラと一緒にサラサラとなびいている。その広い背中を頼もしく思った。

＋＋＋

下弦の月が静かに昇る住宅街の一角で、猿ぐつわを嚙まされた中年男性が自宅の寝室に転がされていた。バザールで騒ぎを起こした花屋の店主だ。

「ウッ、ウウッ」

そばには二人分の影。一人が屈み込んで店主の顔をのぞき込んだ。

「あーあー美しい花を扱っているのが、こんな腐った人間とは悲しいったらありゃしねえ」

ヤスミーンだった。短刀の柄を店主の頰にぐりぐりと押しつける。

「よくも騒ぎを起こして面倒かけやがったな、奥様にけがまで……このやろう」

「ヤスミーン、ほどほどにな」

いきり立つヤスミーンを諫《いさ》めたもう一つの影は、ジャムシードだ。その長い脚で踏みつけているのは、店主と共謀してかめを割ったひげ面の男。抵抗したためジャムシードに痛めつけられたのだ。

「だってこいつやり口が卑怯《ひきょう》すぎませんか。その腐った性根たたき直してやるよ、この×××の××が」

耳を塞ぎたくなるような罵倒《ばとう》とともに、ヤスミーンが店主をにらみつけた。その店主の寝所を襲い、鼻歌を口ずさみながら縛り上げたのもヤスミーンに他ならない。

「用件を済ませて早めに戻ろう。ウマルが親子を警護しているので心配はしていないが」

「そうでしたそうでした。しかしサルバード戦線で英雄と称《たた》えられたお二人と、こうして任務に就けるなんて、いまだに夢のようですよ」

と、言いながらヤスミーンが「最後に」と店主の頭を拳《こぶし》で殴りつける。

懐かしい呼称だった。

十余年前、北方騎馬民族からの侵略を防ぐため、アーフターブ王国とチャーンド帝国が共同戦線を張ったのがサルバード高原。そこで運よく活躍したために英雄と称えられたのがウマルとジャムシードだった。

ジャムシードは「からかうな」とあきれながら、ぐったりしている店主に顔を近づけた。

「今から口を解放するが、叫んだらその場で殺す。いいな」

店主は真っ青な顔をぶんぶんと縦に振る。猿ぐつわを外したジャムシードは淡々と質問をした。

「この花の入手経路を言え、卸はどこのどいつだ」

「り……隣国アーフタープの港町にいる卸です……お、お許しを、お金なら持っていってください」

再びヤスミーンが、聞かれたことだけ答えろ、と店主を小突いた。

「港町とはルシャワールのことだな？　その者の名は」

「ウルジという男で、彼からみんな買います。なんでも仕入れに特別なツテがあるのだとか」

「ウルジ……」

考え込むジャムシードに、ヤスミーンが尋ねる。

「聞き覚えのある名前ですか？」

「ない」

ジャムシードはウルジの情報を聞けるだけ聞くと、店主に一枚の紙を渡した。

「そのウルジという男に、この宛先へ〝真夜中の青〟を千株納品するよう伝えてくれ。金は相場の十倍を払う、と」

店主は渡された紙を、おそるおそるランプの明かりに近づける。

「アーフタープ宮殿、スハイルさま……？」

その宛先に腰を抜かしてしまう。

「ウルジが依頼を受けたかどうかも、その宛先に報告しろ。お前が今持っているすべての〝真夜中の青〟とともに。花代の半額は今支払う、残りは宮殿から受け取れ」

なるほど、とヤスミーンが腕を組んだ。

「普通は喜び勇んで納品するだろうから、ウルジが断ればアタリってことですね」

「ああ、〝真夜中の青〟と宮殿や後宮の関係を知っている重要参考人、ということだ。ルシャワールの港に着いたら、お前たちにその人物を捜してもらうことになるだろう」

「へいへい」

「こら、言葉遣い。昼間の生活に出てるぞ」

「そんなヘマしませぇーん」

ジャムシードは穏やかな口調で言った。

「武人である君に侍女をさせているのは申し訳ないと思っている、しかしあの親子の安全のためだ。分かってくれ」

ヤスミーンは下まつげが印象的な目を、ぱちぱちとまばたきさせる。

「侍女役は密偵で慣れてますから。それに私は好きですよ、彼。寵妃だっていうから自分じゃ何もできないナヨナヨした男かと思ってたけど、あんなにまっすぐ生きてりゃ、こっちも命をかけて守るかいがある」

「そういう人なのだ。五年必死に捜し回っている王太子の心中を慮《おもんぱか》ってやってくれ」

「ははっ、そうですね」

ジャムシードは、生花店の店主に「花の発注と報告の件、頼んだぞ」と多額の現金を渡した。

去り際、ヤスミーンが脅しを残す。

「今夜のことを口外したら、命はないと思え」

店主は無言で何度も首を縦に振る。二人が闇夜《やみよ》に消えた後、ひげ面の弟を拘束から解きながら、独り言を漏らした。

「サルバード戦線の英雄に、アーフターブ宮殿？　俺たち……一体何に巻き込まれてるんだ？」

【3】月夜に泣く

キラの逃亡計画は生花店の騒ぎから二日後、リシュラという街に入った日に実行された。リシュラは、寺院が多いために比較的治安がいいと聞いたからだ。寺院に駆け込んでしまえば、きっと保護してくれるはずだ。

ジャムシードをはじめ、ウマルやヤスミーンは自分たち親子に誠意を尽くしてくれた。彼らが王太子の思惑をどこまで知っているかは分からないが、キラが逃げ出すことで王太子から咎《とが》めを受けるのは間違いない。胸は痛むが、他に手段は思いつかなかった。

就寝するふりをして、麻袋に最低限の荷物とわずかな所持金を詰め、こっそりと出立の準備をする。

その間、なぜかジャムシードの顔がちらついた。騎士として自分に向ける忠誠心、夫役としてはつらつと発言する頼もしい姿。自分に夫がいた記憶はないが、番であるアルファとの生活はこのように穏やかで幸せだったのだろうか、と夢をもらえた気がしていた。

（ジャムシード、ごめんなさい）

心の声で謝罪しつつ、夢の中にいたミールを「厠《かわや》に行こうか」と抱き上げた。

抱っこしたミールと自分の身体の間に荷物をはさみ、薄手のストールでミールを包む。寝室を出ると小部屋があり、そこがウマルの警備兼仮眠の部屋だ。

案の定、ウマルが気配に気づいて簡易な寝台から身を起こした。尋ねるような視線に、キラは頭を下げた。

「厠へ、ミールが少しお漏らししてしまったようで」

「坊ちゃん、お運びしましょうか」

「大丈夫です、慣れてますので」

そのまま厠へと向かう。暗いため服装が寝間着でないこともバレなかったようだ。

(厠に行くわずかな時間内に、この宿屋を逃げ出さないと)

キラは足音を立てないように回廊を走った。逃げ出す経路の事前確認が功を奏し、短時間で抜けることができた。

宿屋の出口が視界に入ると、気が急《せ》いて小走りになる。その振動でミールが目を覚ましてしまった。

「ん、母さま……?」

人差し指を唇に立てて、しゃべらないように促し小声で語りかける。

「こっそり逃げ出すから静かにしていてね、知らない国に行くより、この国で母さまと二人で暮らそう」

「とうさまたちは？」

「ジャムシードさまは本当の父さまじゃない、僕たちを隣の国に連れていくためのお芝居なんだ。さ、もう黙って。心配いらないよ、どこかのお寺に行くからね。かくまってもらおう」

「……」

ミールが静かになったことに安堵《あんど》しつつ、宿屋の裏口を解錠する。小さくカコッと音がして裏口が開いた。

（やった）

震える足で、その一歩踏み出そうとした瞬間だった。

「あーーーーッ」

ミールが泣き出す。

「ミール」

「いやだ、いやだあーッ」

火がついたように泣き叫び、手足をジタバタと動かしてのけぞった。五歳ともなればここまで暴れられると制御できない。キラは全身の毛穴から汗が噴き出た。

「ミール、ミール、お願いだよ静かにして」

「いやだッ、ぼくはもうはなれたくない、だれともおわかれしたくないッ、うわーんッ」

その言葉に全身を貫かれた気がした。

祖父だと思っていた人物との別れを経験し、やっと心を許せる大人と出会い、あまつさえ父と呼べる人ができたのだ。五歳のミールにとって、この数日はきっと自分以上に衝撃と感動の連続だったはずだ。そこで迎える新たな離別を、心が拒否したのではないか――。

抱いていたミールがぐんと身体をのけぞらせたせいで、取り落としそうになる。

「おわかれはもういやだ、いやだ」

「そうですよねえ、お別れは嫌ですよねえ」

低い声が裏口の外から聞こえ、キラの喉がヒュッと鳴った。キイと戸口を外から開いたのは、先ほど二階にいたはずのウマルだったのだ。

「坊ちゃんを抱っこしてるだけにしては、重い足音でしたからね。呼吸も浅かった」

そんなことまで察知されていたとは――。いつも何かを食べて笑っているので、彼が騎士だという警戒心がいつの間にか抜け落ちていた。耳元に心臓があるかのようにバクバクと拍動が響き、冷たい汗が額を落ちていった。

「お、お願いです……見逃してくださいませんか、王太子のもとには行けません」

「申し訳ないが俺は騎士です。王太子の意志に背くようなことはできないんです。今ヤスミーンがジャムシードを呼びに行っています、中でお待ちください」

ミールはまだ泣いている。キラはミールを必死に抱きしめて、自分も涙を流していることにとに気づいた。

「お願いです、お願いです……僕たちを放っておいてください」

ジャムシードが姿を現し、階段を駆け下りてくる。

「どういうことだ」

ウマルのかいつまんだ説明を聞きながら、ジャムシードがランプの明かりで自分たちを照らす。ミールが驚いて泣きやんだ。

「まさか出ていこうとなさるとは……親子でどうやって生きていくというのですか。とりあえず部屋へ」

キラはヤスミーンに支えられて立ち上がった。ウマルがミールを代わりに抱こうとしたが拒む。ミールだけは奪われまい、と手負いの獣のように周囲に敵意をむき出しにしていた。

ジャムシードの部屋の絨毯に座ったキラとミールは、ヤスミーンから白湯《さゆ》を出される。

キラはそんな余裕はなく、うつむいて服の裾を握った。

「出ていこうとした理由をうかがっていいですか、それほど王太子のもとへ戻るのがお嫌なのでしょうか」

ジャムシードの問いかけにも答えなかった。

（どうせ言っても分かってもらえない、彼らは王太子の命令に従っているだけなんだ）

「母さまは、こわいんだよ」

突然、ミールが口を開いた。泣きはらした目をこすりながら懸命に説明する。

「こわいとき、母さまはゆびがつめたいの。ずっとつめたい。ずっとこわいとおもってるんだ」

だからおこらないでください、とミールは懸命に訴える。母は悪くないのだ、と。

キラの涙は、決壊した川のように溢れて止まらなくなっていた。

(ああ、ミール。なんて聡《さと》い子なんだろう……ずっと分かっていて僕のそばにいてくれたんだ)

キラは腹を決めて、絨毯に頭をこすりつけた。

「奥様……!」

ヤスミーンが身体を起こそうとするが、キラは頑として動かない。

「お願いです、僕たちを逃がしてください……! あなた方がいい人なのは分かっています。でもアーフタープ王国に行ってミールを奪われると思うと、僕は恐ろしいんです」

キラは顔を上げて懇願した、涙と鼻水でぐちゃぐちゃになってもなりふり構っていられない。

「王太子には旅の途中で病死したとでもお伝えください、後生ですから……!」

ジャムシードが頭を下げるキラに歩み寄り、横に座り込んだ。

「顔をお上げください、よく話し合いましょう。あなたの決断はそれからでも遅くないはずです」

落ち着いた低い声に諭される。

キラはすべてを打ち明けた。自分が側室の一人に過ぎず、さらにアーフタープの後宮は廃止になったと知ったこと。王太子妃がオメガを追い出したり、王太子に近づいたオメガが処刑されたりするうわさを聞いたこと——。

「王太子に必要なのは側室の僕ではなく、唯一の子であるミールではありませんか？　血を引くミールだけを奪われて僕が追い出される、もしくは殺される可能性もあるんじゃないかって……」

ミールを抱きしめて、キラはぎゅっと瞳を閉じた。

「自分が何者かを忘れてしまった僕ができることは、ミールの母として彼を守ることだけなんです。この子が僕の存在理由なんです」

抱きしめられたミールは、会話の内容が理解できないままキラの涙を手で拭う。

分かっていた、これが利己心であることは。だから勝手に謝罪が口から飛び出す。

「ごめんなさい、ごめんなさい。きっとアーフタープに行けばミールはいい暮らしができる。きちんと教育も受けられて、お腹いっぱいご飯も食べられる。僕がミールを諦めさえすれば……でもミールは僕で、僕はミールなんです……何言ってるんだろう僕……」

しゃくり上げるキラの背中に、ジャムシードがそっと手を当てた。彼が人差し指を唇にかざしたのは、抱き込んでいたミールが眠ってしまったからだった。宿屋の従業員たちを起こすほど大泣きしたので、疲れてしまったようだ。

ヤスミーンがミールを寝台に寝かせてくれる。ふっくらとした頰に残る涙の跡を見つけた瞬間、ツキと胸部に痛みが差した。

思えば、これまでに何度も判断を間違えてきたのかもしれない。

虐げられた村での暮らしをあらがいもせずに受け入れていたこと、その生活の前提が村人たちの虚言だったと判明後も村に残ろうとしたこと、そして今回、ミールには裕福な暮らしが保障されている可能性が高いのに逃げ出そうとしたこと――。

我が子と生きていくために、と行動したことが、我が子の本質的な幸せから遠のく選択だった気がしてならない。

「ミール、ごめんね……僕は親失格だ」

ぽつりと漏らした独り言を、ジャムシードは聞き逃してはくれなかった。いいですか、とかけた声は怒気と愁いを帯びている。

「ご自分を失格などと言ってはなりません。あなたは素晴らしい人です」

ジャムシードに、からかう雰囲気など微塵《みじん》もない。キラはそのまっすぐな言葉になぜか逆上した。

「どうしてそんなこと言うんですか！」

内側に秘めていた火薬庫に火を放たれたような感覚だった。

褒めてくれたのに。認めてくれたのに。そんな言葉、今まで誰一人として言ってくれなかったのに――。理由の分からないまま激高していた。

（どうしてあなたが言うのですか）

「何度でも言いましょう、あなたは素晴らしい人です。生きていただけでも奇跡なのに、子どもを一人で産み育てていたのです。しかもミールはとても利発で母思いのいい子に育っています。これを非難する者がおりましょうか」

いたら私が斬り捨てましょう、とキラの肩に置いた手に力を込める。

「やめてください」

キラは耳を塞いだ。聞きたくない、自分を肯定しないでほしい。胸の奥底に押し込めた負の感情が、触れてくれるなと叫んでいる。

引き金を引いたのは、さらに寄せたジャムシードの一言だった。

「これまでよく頑張ってこられた。とても苦しかったでしょう」

――苦しい。

そうか、苦しかったのか。

どれだけ眠っても取れない疲れのように、感情の奥底にべっとりと張りついていた、得体の知れないものに名前がつく。名がつくと、くっきりと浮かび上がる。

どれだけ働いても認められることはなく、むしろ村人の鬱憤《うっぷん》を晴らす〝身代わり羊〟のような日々を、自分は苦しいと感じていたのだ――と。

大声で泣き叫びそうになり、とっさに口を両手で押さえる。

「どうしました」

ジャムシードとヤスミーンが様子をうかがうが、キラは放っておいてほしいと首を振った。

(堪《こら》えろ、夜中だぞ。子どもじゃないんだ)

唇を噛んで、目頭のツンとした痛みに耐える。しかし、キラとして生きてわずか五年の自分が、先ほどのミールのように泣きたがっている。

「ヤスミーン、あちらを向いてくれ」

ジャムシードの声がして、腕を引かれる。想像以上の強い力と速度に反応する術もなく、キラは彼の胸に顔を埋《うず》めた。

「な、なにを」

「防音に胸を貸しましょう。誰も聞こえないし、見てもいません」

顔を上げると、ジャムシードはそっぽを向いていた。

存分にどうぞ、と言った彼の喉仏が上下に動いている。キラが泣く姿を見ないように、という配慮なのだろう。太い腕がキラの身体を包み込むと、ふわりとシャクヤクと酒が混ざったような香りがした。

誰かに抱きしめられるなんて初めてのことだった。ミールを抱くと幸福感が湧《わ》き上がるのだが、それとは少し違った感覚で、安心に包まれている気がする。与えられるぬくもりに、張りぼての鎧《よろい》が剝《は》がれ落ちていく気がした。

「うっ……うぅっ」

嗚咽がひとたび漏れると、借りた胸の中で声を上げて泣いた。

苦しかった。苦しかったんだ。

村で強いられた暮らしは自分のせいだから、そう感じる資格はないと思っていた。

なぜ自分とミールがこんな目に、誰を憎んだらいいのか、これからどうしたらいい、自分を待っているのは本当にミールとの別れなのか――。

キラは無意識に封じていた言葉を吐き出した。

ジャムシードの胸に顔を押しつけてひとしきり泣き叫ぶと、視線を上げた。

彼はキラを抱きしめたまま、やはりそっぽを向いている。

何を見ているのだろうと彼の視線を追うと、視界に飛び込んできたのは、しんと張り詰めた夜空だった。

薄雲が流れ、半輪の月がくっきりと姿を現す。

その柔らかで静謐《せいひつ》な光は、露台の手すりを通り抜け、床に格子模様の影を落とした。

吐息混じりの「月がきれいだ」という声が、密着した胸からキラの頰へと伝わった。


いつの間にかぼんやり月を眺めていると「落ち着きましたか」と彼の胸が上下した。

キラは我に返って、身体を離した。

「あ……申し訳ありません、取り乱して」

「不安にさせてしまったのは、しっかりと今後の説明のないままお二人を連れ回した私に落ち度があります」

ジャムシードはヤスミーンから白湯を受け取ると、キラに飲むよう促した。

彼の夜着に涙のしみが残っていて罪悪感が押し寄せる。ふいに夜着がはだけ、胸元から複数のひっかき傷がのぞく。ランプのわずかな明かりでも、その傷には色の濃淡がはっきりと見て取れた。

「あの……胸元におけがを？」

ジャムシードは「肌にかゆみが出るので」と夜着をたぐり寄せると、キラの顔を見てくすりと笑った。

「泣きすぎると干物になりますよ」

こんなときにも皮肉が出るのだな、と恨めしげに見上げつつキラは白湯を飲み干す。見計らって、ジャムシードが口を開いた。

「結論から言いますと、王太子はあなたを――あなたとご子息を手厚く保護するでしょう。ミールを奪ってあなたを処刑など、天地がひっくり返ってもありえないことです」

どうして分かるのだ、とキラは問い詰める。

「王太子の思惑があなたの想像通りなら、すでにあなたは私に村で殺されています。国境を越えるのが最も難しいのはあなたで、ミールだけを連れて帰るほうが容易ですから」

面倒な女装や家族ごっこまでさせて移動するのも、自分が男性オメガであることを隠さなければならないからだ。そう言われると納得できるような気がして、肩の力が抜けていく。その様子に気づいたのか、ジャムシードが目元を緩ませた。

「うわさと真実はほど遠いものです。帰国して専門的な医師に診《み》てもらったら、全容をお伝えすることができるでしょう。アーフタープで待っているのは、あなたとミールの安全な暮らしです。安心してください」

ふわりと、部屋に風が吹いた気がした。

ふと思い出したのは、夢で見たバラの中を走る男性の背中。彼が、そうなのだろうか。それとも自分が勝手に作り上げた幻想なのだろうか。

「あの、王太子ってどんな方ですか」

夢で見た彼がそうではないか、と事情を話し、答え合わせを求めたのだ。ジャムシードは「どんな方……」としばらく腕を組んでから、きっぱりと答えた。

「世間知らずのボンボンなどと言われていましたね」

後ろに控えていたヤスミーンが、吹き出して震えていた。

「奥様、どうか信じないでください。ジャムシードさまは王太子と近しいのでそんなことをおっしゃいますが、本当は立派なお方なんですよ。奥様が失踪して失意の中、政務だけは怠らず立派にこなしていらっしゃって」

「つまり、立派な世間知らず……ということですか？」

部屋の外で警備をしているウマルにも届いたのか、ククと笑い声が聞こえてくる。キラは余計に困惑した。全貌《ぜんぼう》が知りたいのに、余計に分からなくなっていく。

「これだけは信じていただきたい、王太子はあなたの肖像画を毎日持ち歩いていました。この意味、分かるでしょうか」

キラは何度もうなずいた。

（大切に思ってくれているのかな。顔も知らない、僕の番……）

夢で見た男性が王太子かは結局分からなかったが、キラは記憶の暗闇に、周辺を照らすほどではないが小さなランプが灯《とも》ったような気がした。

「僕は……そんなに想われる価値のある人間だったんでしょうか……」

キラになる以前の自分は、それほど愛される人物だったのか――。なぜか胸がざわざわした。

「少なくとも私は今、そう思いますよ」

ジャムシードの、今、という言葉を反すうし、キラはわずかに微笑みを浮かべた。

応《こた》えるように細められた彼の瞳は初夏の木漏れ日を思わせた。

番の記憶と帰国後の希望がランプの明かりなら、このジャムシードという騎士のまなざしは、太陽光のようだと思った。木漏れ日から大地を焦がす日差しまで、さまざまな照度を見せる。

翌朝、硬い物同士がぶつかる音でキラは目を覚ました。日差しの入り方を見るに、昨夜の逃走劇が響いてかなり寝過ごしてしまったようだ。

キラの起床に気づいたヤスミーンが入室して、深々と頭を下げた。

「おはようございます、奥様」

挨拶を返し、カンカンと響いている打撃音について尋ねる。

「ジャムシードさまとウマルさまが朝稽古《あさげいこ》をしていらっしゃいます、露台からご覧になりますか」

二人は騎士だ、きっと鍛錬の時間が必要なのだろう。その光景を見たがるだろうと思い、腹を出して寝ているミールを優しく起こした。

ソケイの花が咲き乱れる庭園の一角で、ジャムシードとウマルが木刀で対峙《たいじ》していた。切っ先が触れるか触れないかのところで、しばらく動かなかった二人だが、ウマルがジャムシードの木刀をはじいて飛び上がり、上から斬りかかった。ジャムシードははじかれた勢いを利用し、半円を描くようにウマルの脚を狙って斬り上げる。

「なんの」

ウマルがジャムシードの木刀を靴の裏で防ぎ、自身の木刀を振り下ろす。半歩だけ身体をずらしてそれを避けたジャムシードは、ウマルの喉元に向かって突きを繰り出した。

「上半身がらあきだぞウマル」

「かかったな」

それを計算していたのか、ウマルは屈伸するように身体を屈め、ジャムシードの木刀をはじいた。同時にジャムシードが後ろに飛び去り、間合いを取る。仕切り直しだ。

——という攻防が数秒のうちに行われたのだと、ヤスミーンの解説でキラは知るのだった。キラにはカカッという木刀の音と、二人の男が飛んでいるだけにしか見えなかった。

ミールが露台格子の間から顔を出して、二人の手合わせに目を輝かせている。

「ウマルさまがわずかに優勢のようですね」

「あんな速い動き、よく見えるね」

「や、山育ちなので動きを追うのが得意なのです……」

ミールは慌てて部屋に戻ると、おもちゃの木刀を手に庭へと駆け出した。二人の訓練に加わろうとしているのだ。

お二人の邪魔をしたらだめだよ、と止めるが、ミールは「母さまをまもるためにひつようなんだ」と勇ましい顔でキラの手を払い、ジャムシードたちに合流した。簡易な打ち込み台を作ってもらい、それに向かって懸命におもちゃの木刀を振る。

「それがうまく振れるようになったら、もう少し重い木刀を作りましょう」

ジャムシードがミールの腰に手を当てて、刀を振り下ろす角度や太刀筋《たちすじ》を指導していた。その横でウマルが「筋がいい」と褒めてくれる。キラは誇らしげな気持ちに「ふふ」と声を出してしまう。

澱《おり》のように沈んでいた不安や不穏、つらい思い出が洗い流されたせいか穏やかな朝だった。

【4】星空に口づけは溶ける

まだわずかしか膨らんでいないキラの腹部に、誰かが耳を当てている。

『まだ動きもしませんよ』

自分の口から、自分の声がする。視界に移るのは短い黒髪の後頭部。あのバラ園で見た彼だった。

『分からないぞ、蹴ったり泣いたりするかもしれない』

『こんな周期で蹴られたら、出産まで大変ですね』

胸の奥から湧き上がってくるのは、くすくすと声に出したくなるような愛《いと》しさ。使用人らしき数人の女性たちも一緒に笑っている。

彼の髪にそっと指を通した。まっすぐで硬質なその髪は、過去にもどこかで触れた気がした。

＊＊＊

「ミールだ！」

自分の声で目覚めたキラは、心臓が激しく拍動していた。

夢の中で触れたあの髪の感触は、自分が毎日なでているミールのそれと同じだったのだ。妊娠している自分の腹に耳を当てていたのは、きっとミールの父親だ。そして、その髪型や体格は、同じく青バラ園の夢の中で一緒に走った彼に違いなかった。

（やはり彼が王太子――怖い人じゃないんだ）

キラの声にミールがもぞもぞと目を覚ます。

「……ひつじのみずやりのじかん？」

窓から差し込んでくる朝日の角度から推察するに、村で起床していた頃合いだ。

「起こしてごめんよ、ミール。ここは村じゃなくて宿屋さん。もう羊の世話はしなくていいんだよ」

再びまぶたが落ちていくミールは、おねぼうだね、と囁いて、また夢の中へと旅立った。

その髪にさらりと指を通す。猫っ毛の自分とは正反対の、まっすぐで艶のある髪。夢の中の手触りを思い出しながら何度も指を通した。

(ミールは、父親と対面したらどんな反応をするのだろう。すごく喜んでくれるのかもしれない)

ジャムシードに肩車をしてもらったときの瞳の輝きを思い出し、悲観ばかりしていた自分に恥ずかしさすら覚える。

(そのときは、ジャムシードを『とうさま』と呼ぶ旅が終わるときでもあるんだ)

ひやりと現実も浮かんだ。

道中をキラたち親子が楽しめるように、ジャムシードはさらに心を砕いてくれていた。早く目的地に着いた日には、観劇や大道芸見物にも連れていってくれた。娯楽に触れたことのないキラとミールにはまぶしかった。

そこで小さなもめごとにも見舞われる。

「いい服を着てるな、どこの令嬢だ。名乗りなさい」

ヤスミーンとミールの三人で果実飴を選んでいたところに、憲兵らしき男に声をかけられる。

ヒュッと喉が鳴った。このチャーンド帝国内では憲兵が男性のオメガを探し回っているのだ。

令嬢、と呼ばれたので女性だと思われているようだが、しゃべったり顔をさらしたりすれば男性であることがばれてしまう。さらに女装の理由も問いただされ、怪しまれるだろう。

ヤスミーンが冷静に対処してくれる。

「アーフターブ王国の港町ルシャワールより参りました、ザルダーリー家の奥様でございます」

憲兵は、使用人風情が出しゃばるな、と鼻を鳴らしたかと思うと、キラの手首をつかんだ。

「顔を見せろ、美しい目をしているな……年はいくつだ」

彼が触れたところから、ぞわりと悪寒が這《は》い上がった。体臭もきついのか、古くなった油のような臭いがする。その問いからして、男性オメガであることを疑って声をかけたというより、別の目的があるようだった。

憲兵がもう一人増えて、状況は悪化する。

「もう見つけたのか、今日は早かったな」

「ああ、俺の見立てでは上玉だぞ。きっと肌も白い。おい女、聞こえないのか！　顔を見せろ」

キラはその会話で察してしまった、この憲兵たちは立場を利用して、女性を品定めし、相手をさせようとしているのだ。

「おやめください、人を呼びますよ」

憲兵とキラの間に、ヤスミーンが自分の身体をはさみ込む。なんだこいつ、ついでに連れていくか、などと話し合っている。キラは、足下で震えるミールを抱きしめた。

今ここで自分が行動を起こして男性のオメガだと知られたら、帝国側に捕まってどんな目に遭うか分からない。しかし、このままだとか弱いヤスミーンにも危害が加えられかねない。

（どうしよう、ヤスミーンとミールの手を引いて、走って逃げ切れるか……それともミールにジャムシードたちを呼んでもらうか――）

考えを巡らせているうちに、憲兵の頭上で大根が真っ二つに折れた。

――大根？　と一瞬目を疑ってしまう。

「私の妻に何をする」

大根を憲兵の頭上に振り下ろしたのは、商材の買い付けをしていたジャムシードだった。大根は向かいの青果売り場から拝借したらしい。

「貴様、商人風情が俺たちに刃向かっていいと思っているのか！」

憲兵たちが激高して刀剣を抜く。その手元を、ジャムシードは別の大根で殴りつけ、憲兵たちの武器をはたき落とした。

「お前たち憲兵ではないな？」

二人組が一瞬動きを止める。そのジャムシードの見立てに、キラも思わず声を上げそうになる。

「この国の憲兵は流派が決まっている。抜刀や構えを見ても、その流派とはほど遠いどころか、荒削りな我流だな。どこの賊だ」

図星だった二人は身を翻して駆け出した。驚くほどの身のこなしだった。きっとこうやって憲兵のふりをして抵抗できない女性を手込めにしてきたのだろう。男たちは逃げ足には自信があるのか、笑っていた。

十数秒後、鶏肉の揚げ物を食べていたウマルに捕まって、懲らしめられるのも知らずに。

ジャムシードはふう、と息を吐いてキラにけがないか確認する。キラの腕の中で震えるミールの頭も優しくなでてくれた。そして、ウマルに成敗されている男たちのほうに視線を向けると、唸る狼《おおかみ》のように深いしわを眉間に刻んだ。

「軽々しく触れるな」

その様子は、夫のふりをはるかに超えた熱量と敵意を帯びていた。キラにだってそれくらい感じ取ることはできた。

あまりの剣幕に怯《おび》えを隠しきれなかったようで、ジャムシードがキラの表情を見て我に返る。

「失礼、お見苦しいところを」

手の甲で口元を押さえたものの、目元に差した赤みと動揺は隠しきれていない。

甘く締めつけられるような動悸《どうき》がキラを襲った。つられて赤くなりそうだった顔に、巻いたストールを引き上げる。むしろ、この火照《ほて》りだと手遅れかもしれないが。

一時間ほど馬車で移動している間も、なんとなく気まずかった。進行方向に向かって座る親子の対面に、いつものように座ったジャムシードだが、黙って帳の隙間から外を眺めている。眺めているふり、という表現が正しいかもしれない。顔を合わせなくて済むように。

「母さま、はい、おなべをだしましょう」

ミールにごっこ遊びをせがまれ、キラは両手を椀《わん》型にする。これから調理を披露してくれるようだ。

「まずは何を入れましょうか、ミールさん」

「そうですね、おかしとウマルをいれましょう」

「ウマル！」

親子の会話にブッとジャムシードが吹き出した。「一体何を作るんだ」と笑いながら尋ねるとミールは、なぜ当たり前のことを聞くのだ、という顔で答えた。

「ぎゅうにゅう」

キラとジャムシードが同時に笑い崩れた。子どもの発想の豊かさに感心する。おそらくミールは自分の好きなものを鍋《なべ》に入れて、好きなものを作ろうとしているのだった。

ミールも二人が同時に笑ったことが嬉しかったようで、脚をぱたぱたと交互に動かした。

ひとしきり笑ったところでジャムシードと目が合う。おかげで先ほどの気まずさは吹き飛んでいて、

「子どもの発想はすごいですね」

「ええ、本当に」

などと言葉を交わす。その瞬間、石にでも乗り上げたのか、馬車がガコンと音を立てて揺れ、キラは座面から尻が浮いて前に倒れ込んだ。

「大丈夫ですか」

ジャムシードが片腕でキラを抱き込んで支える。

「……ありがとうございます」

礼を言うのが精一杯だった。ふわりと吸い込んだシャクヤクの香りに、あの夜、彼の胸に抱かれて泣き喚いたことを思い出したからだ。

腰に回されたたくましく太い腕、手の甲に浮き上がる血管、成人男性の体重をものともしない力と体幹――。この一瞬で得る情報にも、期待と高揚が湧き上がり、もう一度抱きしめられたいという淡い願いを抱《いだ》いていることに気づく。

（ああ、なんてあさましい。でも、でも）

顔を上げると、ジャムシードが自分を見澄ましていた。無表情にも見える彼の視線に、じりじりと肌が焼けつくような熱を感じるのは気のせいではない。

（あなたが、そんな目で僕を見るせいだ）

平静を装っているジャムシードの視線に気づくのは、彼がアルファで自分がオメガだからなのだろうか。番のいるオメガでも、こんなことがあるのだろうか。それとも自分がふしだらなだけなのだろうか。

自分を責めるように疼《うず》き出した首の嚙み跡が、恨めしかった。村にいたころはこの傷が過去の自分が愛された証しのようで、わずかな心のよりどころだったのに。

もう一度礼を言って座面に腰を下ろすと、今度はキラが帳の外を眺める。喉がひどく渇いて何度も空嚥下《からえんげ》し、自分に言い聞かせた。

（飲まれるな）

ジャムシードの熱に、己の衝動に。焦がすほど、王太子のもとに送り届けられるのがつらくなる。

そんな葛藤《かっとう》を見透かすように、番は再び夢に現れる。村のころからよく見ていた、あの夢だった。

＊＊＊

青紫のバラが飾られたテーブルで、キラは花で染め物に挑戦するなどの話をしている。

あまり興味がなさそうに、番である彼の声がする。

「染めて何にするんだ？」

おくるみに、と答えた瞬間、驚いた彼が茶台ごとひっくり返してしまった。白い陶器が割れて、青紫のシロップが絨毯ににじむ。その色と立ち上るバラの香りで、シロップが何によって染められていたのかが今のキラなら分かる。〝真夜中の青〟だ。

『やや子……それは本当か！』

男性――いやおそらく王太子は、キラの腹部をなでて「名前を考える」「薄着するな」などと騒いでいる。

『ああ、私は世界一の幸せ者だ。生まれてくる子も、もちろん君も、守り抜くと誓おう』

夢だと自覚したその光景を、恨めしげに思っている自分がいる。チリッとうなじの噛み跡が痛み、こうつぶやいた。

――守ってくれなかったくせに。

＊＊＊

港町メッタに到着し、タバ島行きの船へ乗るために検問所を通過する。

アーフタープ王国行きの船に乗らず島国タバを経由するのは、出国時の検問所で男性オメガだと警戒される可能性が低いからだという。

とはいえ、タバ行きも易《やさ》しくはない。

キラは声を一時的に嗄《か》らす粉薬を飲んだ。男の声を変えることはできなくても、風邪《かぜ》で声が出ないように見せかけることができるのだ。これから半日ほど声がかすれるほどしか出ないため、意思疎通も身振り手振りで行うほかなかった。

検問でジャムシード一行が手形を提示する。精巧に偽造された手形には、ジャムシードをはじめとする三人家族と、使用人であるヤスミーン、ウマルの通行許可印、さらには船に積む商材の内容が記されている。

役人が片眉を上げてジャムシードをにらんだ。

「指定された宝石や希少動物は持ち出していないだろうな」

「もちろんです、よく行き来しておりますので持ち出し禁止品目は把握しております」

裕福な商人姿のジャムシードはほがらかに手を合わせた。

滞在日数の確認などいくつかの手続きを経て、通行の許可をもらうことができた。一行が先へ進もうとした瞬間、キラが役人に袖を引かれ制止された。

「待て、その指輪を見せろ。宝石ではないか？」

極度の緊張で背中にどっと汗が噴き出た。

「見せろ、その指輪は何の石だ」

小指の指輪を思わず隠してしまったために、役人が余計に訝しむ。

「言え、女！」

「あ……」

空気しか通っていないような潰れた声に、役人が少し驚いている。

「申し訳ありません、妻は先の流行病で喉をやられまして」

ジャムシードがキラの指からそっと指輪を外し、役人に手渡した。

「青の石は持ち出し禁止の項目にはなかったかと」

役人はまじまじと指輪を見つめ、もういい行け、と検問所の通過を促した。

ジャムシードに肩を抱かれ、歩き出すが、キラは役人を何度も振り返った。役人は「見せろ」と預かった指輪を自分の懐に入れたのだ。

(どうして返してくれないんだ)

「そういう役人もいるのです」

ジャムシードが耳元で囁く。しかし、キラは胸がザワザワした。

(高級品なのに——いや、違う、そうでなくても、あの指輪は渡したくない)

キラは駆け寄って、男の懐に手を突っ込んだ。

「うわっ、なんだお前」

指輪を見つけつかんだ瞬間、勢いよく突き飛ばされる。ジャムシードがとっさにキラを受け止めたが、役人は怒りで顔を赤くしている。

「き、貴様……」

「ふっ……うう っ……」

薬のせいで声が出ないため、喉からは空気しか漏れない。

これは僕の指輪です、と言いたかったのに。悔しくてぽろぽろと涙がこぼれる。なんと情けない。村を出てからというもの、すっかり涙を堪えることができなくなってしまった。

大きな手が優しくキラの頬をなでた。

「ああ、すまない。そうだね、思い出の石だからね」

何かを察したジャムシードが〝夫らしい〟演技でキラを慰める。

「しかし、円満に通していただけなければ私たちは家に帰れないいんだ。私と君が結ばれるきっかけとなった石とはいえ、お役人さまに逆らってはいけない。どんなに大切でも」

ジャムシードはキラを優しく抱きしめながら、これ見よがしに言い含める。足下にミールが寄ってきて、慰めの言葉をかけた。

「母さま、なかないで。おこえもかわいそうなのに、またかわいそうなめにあうなんて……かみさまはひどいね」

「しょうがないんだよ、ほら、お役人さまに指輪を返しなさい」

ジャムシードが一瞥《いちべつ》した役人は、顔を真っ赤にして「いらん！」と叫んだ。

「返し忘れただけだ、もう行け！」

そうでしたか失礼いたしました、とジャムシードは恭しく頭を下げた。歩き出してしばらくすると、背後で「ぶふ」と何かが吹き出す音と、「ヤスミーン笑うな、堪えろ」というウマルの震えた声が聞こえてくるのだった。

乗船すると一等船室に案内された。船員が荷物を運び終えて、船室の扉が閉まった瞬間、ミール以外の全員が安堵から「はぁ」と脱力した。

「よかったァ、キラさまが役人に飛びついたとき心臓が止まりましたよ」

ウマルがへなへなとその場に屈み込む。

「ミールも上手だったなあ、あの一言で役人の顔色ががらりと変わった」

そう言って息子を褒めるジャムシードに、キラは謝りたかった。

彼の目の前に移動して、口をぱくぱくして詫《わ》びを伝えようとするが、「安心したらお腹が空《す》きましたか？」と見当違いを起こしている。

(ああ、もうじれったい)

キラは首を振って、ジャムシードの手を取った。彼の大きな手の平に指で文字を書いていく。

ご、め、ん、な、さ、い。

(伝わった？)

顔を上げてうかがうと、ジャムシードは一瞬瞠目し、身体を折って自分の手の平をのぞき込んだ。

「すみません、分からなかったのでもう一度」

キラはうなずいて、もう一度書くが「ナンが食べたい？」「ウマルがうるさい？」などと何度も見当違いばかり。なぜ分かってくれないのかと、イライラして彼を見ると満面の笑みを浮かべている。

(からかわれた！)

ぼん、と顔が熱くなる。ジャムシードをたたくふりをして怒りを表現した。

「すみません、つい」

ジャムシードはその拳を受け止めて朗笑した。その様子を見たヤスミーンたちもつられてくすくすと笑声を漏らす。

「おとなは、なかよくけんかするのがじょうずだね」

そんなミールの一言が、明るい船室にさらなる笑いをもたらした。

出航した帆船は大海原を突き進む。この船で二泊すればタバ島に到着だという。アーフタープとチャーンドの両国を隔てるように流れる大河イグリス川は、このペシャル海に流れ着く。波は一年中穏やかだと言われている上に、船も大型のため、さほど揺れはしないが、キラは緊張のあまり夕げの果実しか喉を通らなかった。昼間は検問所を通過するために必死だったが、こんな大きなものが水に浮くなんて、という不安がどうしても拭えない。

それでもなんとか慣れてきたころにはもう就寝時間となっていた。さすがに船室はいくつも確保できず、キラとミールとジャムシードが同じ一等船室、ウマルとヤスミーンが二等船室を一室ずつあてがわれた。一等船室には寝台が二つあったので、キラ親子とジャムシードに分かれて横たわったが、キラはなかなか寝つけなかった。

二人が寝静まったのを見計らって、こっそり船室を出て、船縁《ふなべり》で夜の潮風に当たった。

誰もいないことを確認すると、キラは顔を隠していたストールを首に巻き直し、風に素肌をさらした。

船はぼんやりとしたランプしか明かりがなく、海は暗闇に溶け込んでいる。風と波の音だけが聞こえてくる静かな世界。

見上げると無数の星が散らばっている。その光景に、カチと思考が不自然な音を立てた。

(どこかで、見たことのある風景……村かな)

「星がよく見えますね」

背後からジャムシードの声がする。

「部屋には少しの間、ウマルを置いていますのでご安心ください」

ミールを船室に一人残してきたわけではない、と前置きしてキラの肩に自身の上着をかけた。

「温暖な地域とはいっても夜の海は冷える」

嗄れた声の代わりに頭を軽く下げて謝意を伝えた。

並んで夜風に当たっている間、無言の時間が過ぎた。キラは声が出ないので話しかけようがないし、ジャムシードも返事ができない者に話しかけても意味がないと思っているのかもしれない。

星空に溶け込んでいく波と潮風の音を二人で分かち合っているようで、心地よかった。

身体が冷えてきて、船室へ戻ると伝えようとしたときだった。

「これをお渡しするのを失念していました」

ジャムシードはキラの手を取ると、左手の小指にゆっくりと通す。ランプの明かりにかざすと、あの真っ青な石の指輪だった。検問所の役人ともめてジャムシードが預かったままだったのだ。

キラはジャムシードの手の平を取って、昼間のようにゆっくりと文字を書いていく。

あ、り、が、と、う。

と、り、も、ど、せ、て、よ、か、っ、た。

「……中古だとお伝えしたのに、なぜあのとき役人に」

そう尋ねるジャムシードの声は、なぜか思い詰めているような気がした。しかしキラは分からない、と首を振った。

(僕は欲張りになってしまったんだろうか)

キラは指輪をじっと見つめる。

「あ」

かすれた声で何かに気づく。慌ててもう一度ジャムシードの手に書いた。

に、て、る。

「何に？」

ジャムシードの質問に、キラは指輪と星空を交互に指さした。先ほどの夜空の既視感は、きっとこの石だったのだ。

い、し、の、な、ま、え、は——と指で尋ねると、十秒ほどの沈黙を破ってこう返ってきた。

「ラピスラズリ」

耳をざわりとなでていくような語呂。知らない石の名前なのに肌が粟立《あわだ》ち、思わず両腕を抱える。あの青バラの品種名を聞いたときと同じだった。

その様子を寒さに震えていると思ったのか、ジャムシードが「部屋に戻りましょう」と促す。うなずいた瞬間、首に巻いていた青紫のストールが潮風で大きくなびき、金糸の房がジャムシードの釦《ボタン》に引っかかった。

「引っ張ると房が切れます、私が」

ジャムシードが外している間、胸元に顔を寄せるような体勢になったキラは、恥ずかしさのあまり下を向いていた。目の前で動く大きな手を凝視すると、変に意識をしてしまう。

(僕、この手に触れて指文字を書いていたんだ……)

今さらながら、右手の人差し指の腹がじわじわと熱を帯びる。

「取れました」

顔を上げるとジャムシードが、房付きはオシャレですが扱いは面倒ですね、と微笑んでいた。からかうときの人を食った笑顔ではなく、心からにじむ本来の笑みなのだろう。緩く編んだ長い髪と、編み込むに至らなかった短い毛束が潮風になびく。そんな姿に思わず見とれてしまう。これがアルファの誘因力なのだろうか――。

ドッドッドッ、と心臓が音を立てて警告する。近づいてはならない、と。

沈黙のなか、視線が絡み合う。

キラは声が出ないし、ジャムシードも口を開かない。

（からかっていいから、何か言ってほしい）

この状態を抜け出さねばと思うが、オオカミに見据えられた羊のように動けない。かといって、今視線を外すと、もう二度と視線が合わせてもらえないのではという不安がこみ上げる。

どれくらい、心臓と波の音を聞いていただろうか。

ジャムシードの口がゆっくりと動いた。

「あなたは青が、よく似合う」

ランプの明かりが揺れているせいだろうか、くしゃりと崩れたその顔は、笑っているようにも泣いているようにも見えた。

心臓が、細いひもで縛り上げられていく。

ふと目の前が暗くなる。ジャムシードが顔を近づけてきた。

この五年、色事に縁のなかったキラでも、今がなんの瞬間くらいかは分かる。

──口づけだ。

自分には顔も知らない番がいる。

目の前にいる騎士の君主でもある。

理性はそう言い聞かせるのに、本能は「そんなの知るものか」とまぶたを閉じる。

何も見えなくなる。わずかに揺れる船上で視界を遮るのは、少し不安になる。

しかし、これが信頼した相手に唇を許す、ということなのだとキラは思った。そして気づく。

(口づけなんてしたことがないのに、どうしてまぶたは勝手に閉じるのだろう)

彼の乾いた唇が、キラに優しく触れる。潮風に吹かれていたせいか、ひんやりとしていた。ふわりと漂うシャクヤクの香りに、くらくらと酔ってしまいそうだ。

「ふ……」

思わず息を漏らす。

唇を重ねていたジャムシードが目を開き、ゆっくりと身体を離した。

「申し訳ありません」

流れた髪を耳にかけながら、何かの花が咲くように微笑んでいる。

謝っている者の顔ではなかった。

「ぼ、僕のほうこそ……ごめんなさい」

ようやく出るようになったかすれ声は、震えていた。


一等船室に戻りミールの熟睡する寝台に横になる。

先ほど、自分は何を謝ったのだろうかと思い巡らせていた。

顔も知らない番への罪悪感なのだろうか。

ジャムシードの視線を思い出しながら、キラは小指についた宝石に触れた。

(ラピスラズリ)

検問所で役人に奪われたとき、ジャムシードは「私たちが結ばれるきっかけとなった石」だとおおげさに主張してみせたが、自分のために指輪を骨董屋《こっとうや》などで選ぶ彼の姿を想像し、思わず口元が緩む。返してもらってよかったと今さらながら思うのだった。

奥の寝台から、ジャムシードの規則正しい寝息が聞こえている。自分だけが彼のこと、先ほどの口づけのことを考えて眠れないなんて不公平だなどと口を尖らせていたが、ジャムシードの寝息が次第に乱れるのに気づいた。

「う、ぐ……っ」

部屋の奥に目をこらすと、ジャムシードは眠ったまま胸をかきむしっていた。

数日前抱きしめられたときに見た、あの胸の傷跡の原因を知る。

あのとき、彼は「肌にかゆみが出る」と言っていたが、この様子はどう見てもかゆみではない。苦しみに耐えきれずかきむしっている。

キラも決まった悪夢をよく見るが、身体に傷をつけるほどではない。かつて祖父——アバク老人に聞いた話を思い出した。

戦場などで凄惨《せいさん》な体験をした者は悪夢にうなされ、ときに人格も壊れるのだ、と。

(騎士だからたくさんの戦場に行って、つらい場面を見てきているのだろうな……)

足音を忍ばせて歩み寄ったキラは、ジャムシードが蹴り落とした夏掛けをそっと彼の腹部に被せた。

自分の寝台に戻って横になると、敷布が冷たく感じた。

(そんなに寒くないはずだけどな)

念のため自分の額に触れると、微熱があった。

それが発情の前触れだったと分かるのは、翌日夕のことだった。


油断していた。

オメガの発情期は、九十日ほどの周期でやってくる。前回の発情からまだ六十日も経っていなかったので、警戒していなかった。

　アルファ、オメガにはそれぞれ本能や発情を和らげる薬があり、キラはオメガ用の廉価版をこれまで服用してきた。ただ発情期予定日の十日前から飲み始めなければならず、このような不意の発情には効果がない。

「困りましたね、お薬も効かないとなると出歩くのは危険です」

　白湯を運んでくれたヤスミーンに、キラは身体をむくりと起こして礼を言った。

「ありがとう……匂ったりしてない？」

「大丈夫ですよ、私もウマルもベータですので、オメガの媚香は嗅ぎ取れません。ジャムシードさまも特注の抑制丸薬を常用しています。問題は船が到着してからですね……移動も難しそうですものね」

　ミールが心配して常にそばにいてくれたが、発情がいっそう苦しくなる夜は、二等船室でヤスミーンに預かってもらうことになった。

　ミールを寝かしつけているヤスミーンの代理で様子を見に来てくれたウマルに、キラは懇願した。

「お願いです、緊急薬を手配してもらえませんか」

　緊急薬とは、その名の通り緊急時に使用する、成分の強い発情抑制薬のことだ。身体への負担が大きいため使用後は現実的な確率で妊娠しにくくなるとも言われている。そのため突然の発情で身の危険が切迫している場合以外、使用は推奨されていない。

しつこく懇願されて、困り果てたウマルはジャムシードを呼びに行く。媚香を吸い込まないよう口元を布で覆ったジャムシードが、粥《かゆ》を持って船室に入ってきた。

「少し食べられそうですか」

キラは寝台で丸まったまま「無理だと思います」と答えた。声を嗄らす薬の効き目はなくなったのに、発情期のせいでその声は我ながら情けないほどか細かった。頭を上げるだけで目がぐるりと回り、平衡感覚があやうい。

ジャムシードが閉めた扉の風圧で、彼の香りがふわりと上がってくる。いつもならそばにいないと気づかない、わずかな香りだ。

ドクン、ドクン、と全身の血管が収縮する。

オメガは番になると、番以外との性行為に拒否反応が出ると言われている。村にアルファがいなかったので知らなかったが、どうやら番でなくとも香りには反応するようだ。

「緊急薬はお渡しできません。水分だけでも取ってください、私はすぐに退室――」

その手をキラは取った。

「薬をください、もうこれ以上ご迷惑をおかけするわけには」

「いけません、お身体に万が一のことがあったら」

あってもよいと思ったから言ったのに。

「いいんです、ミールがいればいい。番が王太子だろうと、顔も知らぬ人の子を産むなど想像もつかない。妊娠できない身体になったって……」

キラの手首を、ジャムシードの大きな手がつかんだ。

「軽々しくそんなことを言ってはいけません」

「だって、僕が産めなくても他の寵妃が――」

「オメガとしての役割のために言っているのではありません。もっと自分を大切にしてほしいとお願いしているのです」

ぼろぼろと涙が止まらない。

「だって、苦しくて」

「耐えてください」

「お願いです、緊急薬をください。このままだとタバ島に到着しても移動すらできません……僕を助けると思って」

かろうじて理性にしがみつき、シーツに頭をこすりつけた。

はあ、と大きなため息が聞こえる。その吐息に乗ってふわりとジャムシードの香りが漂うので、キラは背中をゾクゾクとさせた。

今までの発情期とはわけが違った、そばにアルファがいるせいだ。彼の筋張った腕が袖からのぞいているだけなのに、胸が高鳴ってしまう。腰からじわじわと熱が広がり、指先が震えた。

　人生が大きく変わろうとしているこんなときにも、アルファに反応する自身のオメガ性があさましくて涙がこぼれる。こんな衝動、早く抑え込んでしまいたい。

　ギシ、と寝台が沈み、身体を起こされる。眼前に目を血走らせたジャムシードが座っていた。

「私が熱を下げましょう。直接的な行為をせずともアルファが触れれば幾ばくか収まります。あなたに触れることをお許しください」

「え……」

　ジャムシードは口元に巻いた覆いを取ると、ふう、と大きく息を吐いた。

「薬を飲み続けていますので、本能に駆られてあなたに無体を働くとは思いませんが、やはり多少は媚香に当てられてしまいますので……もし」

「もし？」

「変な言動をしても忘れてください」

　ジャムシードはキラの下半身の衣服を脱がせると、身体を持ち上げて向き合うように膝に座らせた。まるでミールのように抱っこされている体勢だ。

　ジャムシードの端整な顔を間近で見ているうちに、キラはまぶたをとろりと落とした。じわりと下着が濡れていく。きっと彼にもバレているだろう。自分の子を成す生殖器をこれほど呪《のろ》ったことはない。

「ごめんなさい……僕、し、下着を汚して……抑制薬を飲んでいない発情は経験がなくて……」

「いいのです、オメガの発情期はそうなるものなのです。擬似的でもアルファの手で一度熱を発散してしまえば、その現象も通常の抑制薬で抑えられます」

詳しい解説に、バラのトゲが心臓に刺さったような気がした。彼はアルファだし、医師でもない。なのにオメガの発情の様子に詳しいのは——。

(彼にも番がいるからだろうか)

全身を巡る血液が冷えていく。

自分のことばかり考えていたが、よく考えるとアルファである彼も妻子がいておかしくないのだ。むしろ、三十という年齢で貴族階級である騎士ならば、いないほうがおかしいのでは——。

(ならばどうして僕に口づけを)

身体は疼くのに、胸は切り刻まれたようにじくじくした。

下着に彼の手が入り込んだところで、キラが泣き始めた。

「申し訳ありません、おつらいでしょうが目を閉じていてください。私を無機物だとでも思って」

ジャムシードは、自分に触れられるのが嫌でキラが泣いているのだと誤解しているようだった。

（違うのに……違うって言えない……）

下着の中で手が蠢き、キラの臀部をゆっくりと揉《も》みしだく。

「ん……っ」

触れられたところからじんじんと熱くなるのに、その慣れた手つきのせいで、キラの心は反比例して傷ついていく。

（オメガに触れ慣れているんだ……）

尻の間に指がするりと入り込み、濡れそぼった秘孔の入り口をくるくると円を描くようになぞられる。心とは裏腹に、本能と身体は期待でそこをさらに濡らしていく。

「ゆっくり、息を吐いて」

言われるままに吐き出すと、つぷ、と彼の指がキラの中へと侵入してくる。発情期のオメガのそこは、普段よりも柔らかくなり雄を受け入れやすくなっている。くぷくぷと長い指を飲み込んでいく自分の身体が、ひどく貪欲《どんよく》に思えた。

「力を抜いて……ゆっくりで大丈夫ですから」

「あ、ああ……ごめんなさい、ごめんなさい……僕……」

もっと飲み込んで中で溶かしてしまいたいという衝動に襲われ、ジャムシードの指を食い締める。中に入りきったと思ったら、内壁を指の腹がこすり始めた。

「あっ、あああっ」

身体がビクンと反応して、思わず膝立ちになる。その体勢のおかげで指を動かしやすくなったのか、ジャムシードの中指が、内壁のコリコリとした膨らみを探り当てた。

「んっ、ゃあっ」

同時に、すでに芯《しん》を持ち始めたキラの屹立《きつりつ》が、大きな手に包み込まれ優しい刺激を与えられる
「そ、そんな、りょ、両方……っ」

身体から力が抜けていく。体勢を保つためにジャムシードの首に腕を回すと、彼が放つシャクヤクの香気が濃くなった。

「あ……あ……」

目の前がぐにゃりと歪《ゆが》み、しがみついて愛撫《あいぶ》を受けるだけになってしまう。敏感な膨らみはコリコリとこすられ続け、淡い色のまま膨張した陰茎は粘ついた水音をさせながら扱《しご》かれる。

「ひゃ……っ、あっ……す、すごい……奥が変……っ、ど、どうして僕はこんな……ふしだらに……」

「今だけは理性を捨てていいのです、私に委《ゆだ》ねて……お嫌かもしれませんが」

「い、嫌だなんて……思って、ない……ってす……ぅんんっ」

効率的に追い立てられ、キラは前から吐精してしまった。

「あ……っや……ご、ごめんなさい、服を汚して――」

「服など好きなだけ汚しなさい。今夜私は、あなたのものです」

溶岩でも内包したかのようなまなざしに、尾てい骨から首筋に向かってゾクゾクと歓喜が這い上がる。

村で高熱から意識を取り戻して五年。虚言によって何もかもを奪われてきたキラにとって、この数日は一生分と言っていいほど〝与えられる〟日々だった。その立て役者である彼は、今度は自身をキラに差し出している。

(からかわれない……どうしよう、ジャムシードが優しい)

その言葉に甘えていいのだろうかと迷いが生じ、彼の言葉を反すうする。

「僕のもの、今夜だけ」

喜びが湧き上がる反面、胸にトゲが刺さる。

ずっと、ではないのだ。

(ああ僕は、ずっと僕のジャムシードでいてほしいのか)

今湧き上がっている感情が、そして検問所で指輪を必死に取り返そうとした行動が、オメガに由来するものではなかったのだと気づく。

（なんだ、ただ好きなだけなんだ）

本能のせいにして、正面から向き合うことを無意識に避けてきたのだろう。自分にはうなじを許した番がいて、ジャムシードにもおそらくいる。そんな人の道を外れた恋だから。

（でも、記憶をなくす以前のことは知らない……これが僕の初恋だ）

さほど信心深くはないが、これればかりは神様の意地悪だと思えてならない。

誰かと番って、大切な息子を産んで、家族で微笑み合う。どうしてそんな日々を送らせてくれなかったのか。

なぜ自分の歩みだけを白紙に戻して、ジャムシードと出会わせたのか。

恋など知りたくなかったのに。

いくつもの思いが去来し、涙となって落ちていく。

「大丈夫ですか」

濡れた頬を、長い指が拭う。

「大丈夫じゃありません、胸が苦しいんです……ジャムシード、今夜だけは僕のものなんですよね……ください、僕に口づけしてください……！」

目玉が溶けてしまいそうなほど泣いている自覚があった。

それを拭っていた指が、キラの唇に移動する。ゆっくりと彼の端整な顔が近づいてくる。

怖くなって目を閉じると、唇に柔らかい感触が与えられた。

唇が少し離れて、ジャムシードはこう言った。

「好きなだけ。あなたへの口づけは売るほどある」

売るほど、というせりふに驚いて涙が止まってしまった。

「ぼ、僕、所持金少なくて……」

「十回につき二ルピナです」

先日食べた串焼きの値段と同じだったので、思わず吹き出してしまった。やはり彼はこうやって自分をからかうのだ。

「騎士の唇はそんなに安――ん……」

言い終わらぬうちに、後頭部が大きな手に引き寄せられる。

再び与えられた口づけは、小鳥の挨拶のようなそれではなく、どろりとした熱い蜜を飲まされているようだった。

「ん……ふ……っ」

同時に後孔の指が動き出す。キスをしながらそこを愛撫されると、何倍も快楽が爆《は》ぜる。

「あっ……あ、ああっ……」

今夜だけ、どうか今夜だけ、と願いながら、与えられ続ける愉悦に身を委ねる。

「あなたを……私はあなたを――」

遠のく意識の中でジャムシードの声が聞こえる。

（『あなたを』、何なのですか……）

そういえば今まで一度だって、名前を呼ばれたことがなかった。

【5】最後にひとつだけ

夜が明けるとひどい発情は収まっていて、通常の抑制薬で動ける状態になっていた。

一晩離れていたミールが、朝一番に飛び込んできてしがみつく。初めて夜離れて過ごしたので心細かったようだ。

「心配かけてごめんね、寂しかった？」

「うん、さみしかった。でもヤスミーンといっしょにくんれんをしてたから」

「ヤスミーンと？」

ウマルの間違いではと指摘する矢先、ヤスミーンに背後から〝くんれんごっこ〟ですと耳打ちされる。

「ぼくはうでをあげたよ、母さま……」

得意げに肩をすくめてみせるので、思わず笑ってしまうのだった。

「それは大変な訓練だったんだね！」

ミールを膝《ひざ》の上に載せて、昨晩の寂しさを埋めるべく抱きしめた。腕を上げた騎士は、新しく作ってもらったおもちゃの木刀を放り投げて母の背中に手を回す。少しの間だけ幼子に戻るのだった。

船は昼過ぎにタバ島に到着する。男性オメガがお尋ね者になっていないこの国では女装する必要がないので、キラは大手を振って男物の服を着ることができる。

準備されていた白の上下、サルワール・カミーズは襟元に金の釦《ボタン》と刺繍《ししゅう》が光っていた。これまで着ていた女性用が華奢《きゃしゃ》なつくりだったので、ゆったり着ることのできる男性用は細身のキラでも嬉《うれ》しかった。

過ごしやすい気候のタバ島は富裕層の避暑地として有名で、人口が三万人ほどのわりには観光業のおかげで栄えている。

「段ばしごは揺れますので、足下に注意してください」

船から降りる際に手を取ってくれたジャムシードだが、視線が合うことはなかった。キラもどんな顔をしたらいいか分からなかったので好都合だと思いつつ、これまで穴が開きそうなほど送られてきた視線がゼロになると、ツキと鎖骨のあたりが痛む気がした。

キラはミールの手を引いて段ばしごを下りていく。下りたところにはウマルが待っていて、高低差のある陸地と段ばしごの間を、ふわりと抱きかかえてくれた。

「あ、ありがとうございます」

キラを下ろしたウマルは軽口をたたく。

「ちゃんと飯食ってくださいよォ、こんなに軽いんじゃ風に飛ばされますよ」

「ふふ、そのときは腰に石を下げます」

キラに次いでミールが下ろされる。船の揺れに慣れていたせいか、陸地に足を着いた感触に「ふわふわする」としばらく不思議そうにしていた。

後ろからヤスミーン、そしてジャムシードが段ばしごを下りてくる。

「この島に駐在する我が国の公使が馬車で迎えに来るはずですが、まだのようですね」

ジャムシードとともにあたりを見回していると、港の端からドンと爆発音がした。

振り返ると、もうもうと黒煙が立ち上っている。停泊していた小型の漁船が爆発をしたようだ。一瞬の沈黙の後、港にいた者たちが一斉に消火活動を始めた。

「火薬の臭《にお》いがするぞ、誰《だれ》か仕込んだな」

ウマルが鼻をスンと鳴らし「早めにここを出ましょう」と促した瞬間、キラはミールがこつ然といなくなっていることに気づいた。

「ミール？」

あたりを見回しても姿はない。目を離したのは、爆発から十数秒だったはずなのに。

息子を呼ぶ声は悲鳴に近かった。

「ミール！　ミールどこにいるんだ！」

声を張り上げているつもりが震えている。キラとジャムシード、ウマルとヤスミーンに分かれてあたりを探した。考えたくもないが船が接岸している海面も。しかし見当たらないし返事もない。気づけば、その港で子どもを捜している人たちが数組いるようだ。みんな必死に駆けずり回っている。

（どうしよう、どうしよう、ミール）

涙で視界がぼやける。ウマルたちにはこの港の管理者のもとへ行ってもらった。

「ミール！　出てきてくれ！」

汗だくになって駆けずり回り、船内にも戻ってくまなく捜したが見つからない。次第に日が暮れ始めた。

管理者に尋ねたウマルが報告する。

「この港では、騒ぎを起こして注目を集めている隙《すき》に子どもが攫《さら》われる事件が起きているらしい」

自分と同じ立場の親たちが、地面に崩れ落ちて泣いている。この光景とウマルの話とが何を意味しているのか――。ジャムシードが険しい表情を浮かべた。

「人身売買の組織が暗躍しているのか」

貧しい家が子どもをそういった組織に売る話は、奴隷制度がまだ残っているチャーンド帝国ではめずらしくなかった。しかし、まさか自分の唯一の宝物がその毒牙《どくが》にかかるとは夢にも思っていなかった。

「ど、どうしたら、僕はどこを捜せばいいですか、助かりますかウマルさん、どこに行けばいいですか」

指の先が氷のように冷たくなり、唇も震えて止まらない。悪夢であってくれ、夢なら今すぐ覚めてくれと願わずにはいられない。

「お願いです、なんでもします、ミールを助けてください」

ジャムシードが強くうなずく。

「この命に替えても助けます。捜索の手がかりを捜査機関からもらってきますので、ここで公使の迎えをお待ちください」

手配のいいヤスミーンが、馬を二頭引いて走ってくる。

「一番速い馬を借りてきました！」

ウマルが「さすが！」と飛び乗って駆け出す。もう一頭にはジャムシードがまたがった。

「ぼ、僕も連れていってください！」

ジャムシードの足をつかんで、よじ登ろうとする。

「いけません、ここでヤスミーンと公使の到着をお待ちください！　馬に蹴《け》られると大けがをしますから離れて！」

「嫌だ、僕も乗ります！　息子が攫われたっていうのに、悠長に待っていられません！」

もめていると、後ろから再びヤスミーンが馬を引いて走ってくる。

「奥様ーッ」

ヤスミーンがキラのために借りてきてくれたようだ。

「ヤスミーン、僕、乗馬ができないんだ！」

「奥様は私の後ろに乗るんですよ、鞍《くら》も二人乗り用です！」

ヤスミーンがひらりと葦毛《あしげ》の馬にまたがり、キラの手を引いた。

「ほらっ、さっさと乗る！」

気がつくと、ヤスミーンの背後にすとんと座らされていた。

「私の腰に手を回してください、飛ばしますよッ！」

ヤスミーンの鐙《あぶみ》がドンと馬の腹を蹴ると、勢いよく駆け出した。

「うわあああッ」

想像以上の揺れと速度に、情けない声が出てしまう。ジャムシードが併走しながら声を張り上げた。

「振り落とされないように、彼女にしっかりつかまってください！」

ジャムシードの馬は速度を上げていく。前を行く二人の姿は、さすが騎士だけあって華麗な手綱さばきだ。しかしこの侍女であるヤスミーンも、フンフンと鼻息の荒い葦毛馬を軽やかに操っている。

「奥様、絶対ミールさまを助けてみせます。ウマルさまとジャムシードさまを信じてください……このヤスミーンのことも！」

た。

「うん、うん……信じるよ！」

「ヤスミーンは怒りで頭の血管が切れそうですよ……賊ども、絶対に許さねェ……！」

首に巻いていた薄桃色のストールが風で飛ばされるのも気にせず、ヤスミーンは馬を走らせる。キラは進行方向を見つめながら、ミールの無事を祈った。脳裏には、命よりも大事な息子の、寝顔や泣き顔、ふくれっ面、はしゃぐ笑顔――さまざまな表情が浮かんでいた。

到着したのは捜査機関も併せ持つ、タバ島の刑部省だった。はじめはやる気のない役人が対応していたが、ジャムシードが豪商であると分かると副大臣室に案内された。

「いやあ、それは災難でございますね。しかし我々も手が出ないのです。やつらの根城には何度も乗り込みましたが罠《わな》が多く、かなりの死人が出ましてね……」

では根城を教えろと要求するが、捜査機密だと拒まれる。

「我々は彼らと独自の交渉ルートを持っておりますので、どうしてもとおっしゃるのであれば返還交渉をしてみましょう。おそらく高額な身の代金を要求されますがね……」

ジャムシードの顔色が、副大臣の一言で突然変わった。何か汚いものでも見るような目をしている。ウマルがキラに耳打ちをした。

「ミールさまは無事です」

なぜ分かるのか、と振り返るが、その場では教えてもらえなかった。

省舎を出たと同時にウマルに解説を求めると、代わりにジャムシードが教えてくれた。

「あの捜査機関とおそらく誘拐した賊が裏でつながっているのです。金持ち風の子どもを港で攫わせ、交渉するという名目で被害者から身の代金を受け取り、捜査機関と賊で分け合う仕組みでしょう。成熟していない国ではよく見られる裏取り引きです」

ウマルが舌打ちをした。

「道理で船を爆破するほどの火薬が用意できると思ったぜ。全部役人が糸を引いてやがったのか」

ジャムシードは、捜査機関が交渉に失敗したふりをして身の代金をつり上げると予測した。

「もたもたしている間にミールが恐ろしい思いをするかもしれませんので、金を払った上で、私たちで根城を襲撃します」

「僕はどうすれば」

自分が根城を襲うのに役立つとは思えないし、下手すれば足を引っ張る。とはいえ、じっともしていられなかった。

「あなたは今からヤスミーンとともに刑部省に現金を持っていってください。払う気があると知らせれば、ミールの安全はひとまず確保できるでしょう」

ジャムシードは腰に下げた金子袋ごとキラに手渡した。ずしりとした重みに、思わず腕が沈む。

「二十万ルピナ入っています、加えて金貨が十枚。『足りなければ、本国から取り寄せていくらでも払う』と身の代金交渉を要求してください。金にならないと見限られた子どもから、おそらく奴隷として売られます。時間稼ぎが鍵《かぎ》となるでしょう。先ほどこの島の公使に緊急事態を知らせる鷹《たか》を飛ばしましたので、彼が刑部省に駆けつけるまで気取られないようにしてください」

ジャムシードの早口で的確な指示を、キラは懸命に聞き取ってうなずく。

二十万ルピナという、聞いたことのない額には戦慄《せんりつ》した。金貨に至っては見たことも触ったこともないので想像もつかない。

それでもミールを取り戻すためにやるしかない。震える手で胸元に金子袋を抱き込み、キラは腹を決める。

「ジャムシードたちは？　根城が分からないんじゃ襲撃しようが……」

ウマルがゴキッと首を鳴らす。

「根城を知っていそうな役人を一人攫って場所を吐かせます」

「指を何本か落とせば吐くでしょう」

二人の目が据わっている。騎士とは、豪華な装束で王族を護衛する華やかな仕事なのかと思っていたが、雰囲気はむしろ最前線の戦闘員だった。

ジャムシードたちと分かれたキラは、ヤスミーンとともに再び刑部省の副大臣に面会を求めた。

「お金を持って参りました、どうか息子を助けてください……！」

「おやおや、奥様だけでいらしたのですかな」

先ほどのジャムシードたちへの態度とは一変し、慇懃無礼《いんぎんぶれい》な応対を受ける。

「はい、夫はああ見えて肺を患っておりまして、心労で倒れてしまいました」

涙を拭《ぬぐ》うふりをするキラの肩に、ヤスミーンが手を置いて「奥様、お気を強くお持ちになって」と励ます。

「そうでしたかそうでしたか、大変ですなあ。お力になりたいのはやまやまなのですが、なにぶん難しい交渉でして……」

「お金ならいくらでもお支払いいたします、いまは手元に二十万ルピナしかございませんが、金貨もございます。数日いただければ本国アーフタープに連絡し、さらにいくらでも」

現在支払える分だけ、まずは要求されるだろうと見込んで交渉を持ちかける。

「それは助かります。まずは十万ルピナを身の代金として提示して交渉しましょう。おそらく足りないと掛け合ってくるでしょうから、そこから少しずつ増やして……安心してください、我々が誇りを持って息子さんをお捜しします」

肩に置かれた手から伝わってくるぬるい体温が、キラの背中をぞわりと粟立《あわだ》たせた。身の代金交渉は違法すれすれの捜査になることから、書類の記入が必要だと説明を受ける。ヤスミーンを今の部屋に待たせて、キラは上階にある書記官室に案内された。

分厚い書類が出され、記入するよう促される。なぜか先ほどの幹部が別の入り口から姿を現し、キラの隣に座った。

「私がご指導しましょう」

キラの太ももに、そっと幹部の手が載った。

「何を」

今度は筆記具を握る手に、分厚くて汗ばんだ手が重ねられる。

「声を出さずに、奥様。私はアルファですが男のオメガを抱いたことがなくてね」

ようやく別室に案内された意味を理解する。キラはカッと顔を赤くして立ち上がった。

「な、なんて人だ！」

「おやおや、座りたまえ」

「座るもんか、こんな、こんな――」

腕をつかまれて、無理やり長椅子《ながいす》に引き倒される。歪《ゆが》んだ笑顔がゆっくり近づき、分厚い唇で恐ろしいことを口走る。

「息子さんが助からなくてもいいのかい？　嫌でしょう」

いつの間にか書記官は姿を消していた。副大臣が上着の中に手を入れてくる。全身が粟立ち毛髪まで逆立ってしまいそうだった。ねっとりとした声がキラを包む。

「ああ、男のオメガがこれほど美しいとは思わなんだ……これまでこの部屋で色んな女性に頼られてきたが、君ほど美しい人は見たことがない……」

顎《あご》を持ち上げられる。こうして身の代金をむしり取るだけでなく、攫われた子どもの家族にまで狼藉《ろうぜき》を働いてきたと知ったキラは、身体《からだ》中の血が煮えたぎるのを感じた。

キラににらみつけられたことで、副大臣はさらに興奮したのか息が荒くなっていく。

（なんて嫌悪感だ、ジャムシードと同じアルファなのに……でも、僕が時間稼ぎをしなくては……）

副大臣の背後にある窓で何かが動く。ひょっこりと顔を出したのは――。

（ヤスミーン！）

一体どうやって二階の外窓に登ったのか分からないが、騎士のように馬を乗りこなした彼女の、怒りを孕《はら》んだ言葉が脳裏をよぎる。

『信じてください、このヤスミーンのことも！』

キラはヤスミーンに視線で何かを伝えると、意を決し幹部と向き合った。ヤスミーンが窓から侵入するには、この男の注意を引きつける必要がある。

キラは伏し目がちに震えてみせた。

「……分かりました、ですが僕はご覧の通り男のオメガですので、女性のように簡単に受け入れられる身体ではないのです」

副大臣はなぜかそれも興味深そうにうなずく。

「ほうほう、ではどうすればよいのかな」

「準備が必要です、大事なところをゆっくり解《ほぐ》さなければ大変なことになってしまいます……本当は閨《ねや》に入る前に済ませるのが主人への礼儀ですが、お大臣さまの前で準備してもよろしいでしょうか……」

上目遣いで「はしたない姿をお見せしてしまうのですが」と訴えると、副大臣は「よいよい」と何度もうなずいている。口元が緩んで上機嫌だ。

「では、失礼いたします。男のオメガを見るのは珍しいでしょうけど、笑わないでくださいね」

ゆっくりとカミールをめくり、サルワールの腰ひもを緩める。そのひもをいじりながら「あれ、固結びになっちゃった……」ともたもたしてみせる。

「男のオメガはじらし上手だ」

そうやって目尻《めじり》を下げた副大臣に、音もなく窓から部屋に侵入したヤスミーンがそっと彼の首にナイフを突きつけた。

「何が『じらし上手だ』だよ、この×××オヤジが」

ヤスミーンが発したのは、聞くのもおぞましい暴言だった。

「ひッ」

「声を出したら、このまま刃を首の一番太い血管に沈める。失血死したくなければ抵抗はやめろ」

キラは渡されたロープで慌てて幹部の手首を拘束し、いそいそとサルワールのひもを引き締める。ヤスミーンは手早く副大臣を手刀で気絶させた。猿ぐつわまで噛《か》ませる徹底ぶりだ。

「お見事でした奥様」

「ヤスミーンこそ早業だったね」

二階の窓から音もなく侵入し、瞬時に副大臣の頸動脈《けいどうみゃく》に刃物を当てる様子に、やはりヤスミーンはただの侍女じゃないのだと理解する。

「なるべくここで時間稼ぎをしたいけど、どうしたらいいだろう」

「お任せください」

書記官室から、パンッパンッと平手打ちの音が響く。「助けて！」というキラの悲鳴とともに。

入り口で警護していた二人組が視線を合わせ、ごくりとつばを飲み込んだ。

「激しいな、副大臣」

「今回の相手は男のオメガらしい」

「尻でもたたいてんのかな」

「さあ……呼ぶまで部屋に入るなって言われてるから、聞こえないふり聞こえないふり」

書記官室からさらに強い殴打音がし、キラの悲鳴が響き渡った。

その室内では、拘束された副大臣の尻を、ヤスミーンがバチンバチンと力いっぱい平手でたたき、その拍子に合わせてキラが「痛い、助けて」などと周囲に聞こえるように叫んでいたのだった。

副大臣は意識を取り戻したが、あまりの痛さに白目を剝《む》いている。たたかれすぎて真っ赤になった尻を、ヤスミーンは時折本気で蹴り上げ痛めつけるのだった。

キラもやれと促されたが、ミールのことが気がかりでそれどころではなかった。

(ミール、どうか無事で……、お願いします、ジャムシード……!)

アーフターブの公使が刑部省を尋ねてきたとの知らせに、副大臣が我に返る。

「副大臣！　副大臣はいるか！」

ヤスミーンに拘束を解かれた副大臣は、服を着て真っ赤に腫《は》れ上がっている尻を隠すと、キラたちに向かって「公使の対応が終わったら、お前らを投獄するからな！」と喚《わめ》いている。

「誰を投獄するだって？」

書記官室に姿を現したのは、四十代くらいの、身なりのいい男性だった。

「大したことではございません、公使……！　誘拐事件の被害者の相談に乗ってやっていたのですが、私にたてつくもので……おい！　こいつらを連行しろ！」

命令を受けた警備たちがキラとヤスミーンを捕らえようとするが、その四人が一瞬でその場に倒れた。ヤスミーンが体術で気絶させたのだ。

「奥様に触れるな、この汚い×××ブタどもが」

また聞き取れないような汚い言葉を吐いている。

公使の護衛たちが数名書記官室に駆け込むと当時に、白ひげを蓄えた貴族風の男が入室する。

「失礼するよ」

それを見るなり、副大臣はひざまずいた。

「王弟殿下……！」

「とんでもないことをしてくれたね、副大臣」

「な、なんのことでしょうか」

「聞いていないのか。賊が討伐されて自白したんだよ。誘拐と身の代金をめぐる、これまでの君たちとの共謀を」

――討伐、と聞いてキラは立ち上がった。

「あの、賊が討伐って、あの僕の息子は――！」

このタバ王国の王弟が白いひげに触れながら「ご無事です」と微笑《ほほえ》んだ。

「すさまじい勢いであのお二人が制圧しました。本来なら討伐隊を編成すべき賊の規模でしたが……」

無事、と聞いてキラはその場にへたりこむ。目の奥が、痛くなるほど熱を持つ。ヤスミーンが肩を抱いてくれた。

「よかった……ミール……会いたい、ミール……！」

たった二人に賊が制圧された事実を受け入れられない副大臣に、公使がため息まじりにこう言った。

「〝サルバード戦線のジャムシードとウマル〟、聞いたことはないか」

「サルバード高原の英雄……奇襲をかけてきた百余人の北方民族をたった二人で返り討ちにしたという――」

言い終えないうちに大臣の顔から血の気が引いていく。王弟が低く呻《うめ》く。

「そういうことだ。君が投獄すると叫んでいたこの方は、アーフタープの王太子殿下の寵《ちょう》妃《ひ》。そして身の代金目当てに攫われたのは王太子のご子息だ。諸事情あって騎士たちが家族のふりをして護衛をしていたのだ」

大臣はキラを振り向くと、顎がはずれそうなほど口を開けた。その気持ちは分かる。自分だっていまだに信じられないのだから。

それに、と王弟は副大臣の着崩れた服を見下ろしながら顔をしかめる。

「まさかとは思うが、寵妃に対して狼藉を働こうとしていたのなら、タバ王国はもはや破滅だ。アーフタープに宣戦布告されても文句は言えまい」

副大臣はその場にひざまずいて、放心してしまった。

ジャムシードたちがミールを連れてこちらに向かっていると聞き、キラは省舎から駆け出した。あたりを見回していると、馬の蹄《ひづめ》の音が聞こえてくる。

「母さまーーーーーーッ！」

ヤシという木材で作られた住宅や店舗の合間を縫って、馬が二頭駆けてくる。姿はまだ豆粒程度にしか見えないが、かすかに聞こえるその声は、まぎれもなく最愛の息子。おそらくジャムシードかウマルの馬に乗せてもらっているのだろう。

「ミール！」

喉《のど》の奥が引きつりそうなほど声を張り上げて手を振る。ジャムシードの膝の間に乗せられたミールが、馬から乗り出して手を振っているのが見えた。

「ああ……ミールだ」

神に感謝した。ジャムシードとウマル、ヤスミーン、そしてこの事件に関《かか》わったすべての人にも。

馬が目の前で止まると、笑顔のミールがヤスミーンに馬から下ろしてもらう。そしてキラを見た。

「ミール……！」

手を伸ばすと、笑みを浮かべていたミールの顔が一瞬にしてくしゃくしゃになる。真っ赤な顔に涙を流しながら飛びついてきた。

「母さまぁ……」

胸の中に押し込むように息子を抱きしめた。

きっとここに来るまで、周囲の大人を心配させまいと懸命に笑顔で自分を鼓舞していたのだろう。ミールはそういう子どもなのだ。

「ミール……ミール……よかった無事で……ああ怖かったね、怖かったね……！　神様……ありがとうございます……」

「うあーーーーーんッ」

子どもらしく思い切り泣いていた。キラも涙で前が見えない。ただ胸の中に戻ってきてくれたぬくもりが愛《いと》しくて愛しくて、二度と離すまいと誓うのだった。

「もう大丈夫、大丈夫……僕が絶対に守るからね……」

往来で抱き合って号泣する親子を、行き交う人々が何事だと振り返る。そんなことお構いなしに、二人は泣き続けた。

キラは馬から下りようとしていた二人の騎士を見上げた。

「ジャムシード、ウマル、本当にありがとうございました……お二人ともご無事で何よりで――」

言い終える前に、ジャムシードが見たこともない険しい表情で「後ろだ！」と叫んだ。

振り返ると、縄を腕に絡ませた副大臣が自分に向かって短刀を振り上げていた。鬼のような形相で。

拘束されそうになっていたところを逃げ出し、自暴自棄になってキラを追ってきたようだった。

「この……っ、すべてお前が……お前のせいでッ」

キラは副大臣に背を向けたままミールを抱き込んだ。

覚悟を決める。あの刃渡りなら自分の身体は刺されても、ミールには届かない。

（何があっても壁になる。この子だけは守る）

刃が少しでも食い止められるよう全身の筋肉に力を入れ、ぎゅっと目を閉じた。

しかし痛みはなく、誰かが自分をミールごと抱き込んで押し倒した。

土埃《つちぼこり》にせき込む。目にも入って、生理的な涙が出る。

横腹にずしりと重みを感じ、半身を起こすと、自分たちの上にヤスミーンが覆い被《かぶ》さっていた。

「ヤスミーン！」

その奥で、ジャムシードが一足飛びで副大臣を斬《き》り捨てた。悲鳴が空に響く。

「助けてくれたのか……ありがとう、けがは――」

彼女の肩に触れた瞬間、ぬるりと生温かい感触が広がる。手の平を見ると鮮血がべっとりとついている。左肩から腕までざっくりと斬られていた。

「う、うそ……し、止血を、すぐに……」

キラが自分の服を脱いで傷口に押しつける。公使や王弟の関係者が駆けつけ、応急手当てに入る。

「ヤスミーン！　意識は？　お願いです、ヤスミーンを助けてください！」

手当てをしている関係者たちにキラは懇願する。心配をかけまいとしているのか、ヤスミーンが微笑んでみせた。

「こんなのかすり傷ですよ」

「女の子にとっては大けがだよ！」

「ふふ、女の子だって」

ヤスミーンはそのまま目を閉じた。

駆けつけた刑部省の医療班から、致命傷ではないと説明を受ける。キラは、震えるミールを抱きしめて、省内の医務室に運ばれていくヤスミーンを見送る。同伴しようとしたが、縫合の手術になるので立ち会えないと断られたのだ。

ジャムシードが歩み寄ってきた。

「大丈夫です。あえてお伝えしていませんでしたがヤスミーンは諜報部《ちょうほう》の軍人です、あの程度でどうにかなる人物ではありません」

納得がいった。侍女としても細やかなところまで気遣ってくれる有能ぶりだが、絡まれたときの冷静な対応や見事な乗馬そして体術、音を立てずに侵入する技術――諜報部員と聞けばうなずける。

ジャムシードに斬り捨てられた副大臣も重傷だったが、命は助かった。今後の全容解明には供述が必要なため致命傷は与えなかったのだという。

騒ぎが落ち着くと一行はアーフタープ公使邸に招かれた。そこで聞いたのは、ジャムシードとウマルの鮮やかな討伐劇だった。

賊の根城を刑部省の中堅役人に自白させた二人は、その場に急行。ジャムシードが真正面から切り込んで賊の注意を引きつけているうちに、ウマルが裏手から忍び込んで、ミールを含む攫われた子ども五人を全員救出した。

子どもたちを安全な場所に移動させると、ウマルも加わって大暴れし、三十七人の賊をあっという間に制圧してしまったのだという。

ミールによると、連れ去られた子どもたちは暴力はふるわれなかったが「親が身の代金を払わない子どもから奴隷として売り払う」と脅されたのだという。

「それは恐ろしかったね……」

キラがミールを抱きしめて頬《ほお》ずりをする。

「おそろしくてもたちむかうのが、きしなんだよ、母さま」

ミールの表情はきりりとしていて、一人前の騎士然としている。制圧にかかるジャムシードたちの姿がどれほど華麗で圧倒的だったかを、身振り手振りで延々と語り続けた。

「お二人は本当にお強いのですね……刑部省で〝サルバード戦線の英雄〟と呼ばれていると聞きました」

公使が不思議そうに答える。

「おや、ご存じありませんでしたか。お若いからかな。十一年前、北方の騎馬民族がこちらを侵略しようとした際、国境であるサルバード高原で返り討ちにしたのがこのお二人です。私もお会いするのは初めてなのですが」

ウマルが快活に笑い飛ばした。

「あれは誤解なんですよ！　若手の俺たちは前線じゃ役に立たないから、地味な自陣警備を担当させられたんです。そしたら前線はおとりで、陣を置いていた崖《がけ》の上からやつらが奇襲をかけてきたんだ」

「ご謙遜《けんそん》を！　あのとき警備していた他の騎士は逃走し、あなたがた二人で自陣を守り切った――そうですよね。王国騎士団、ウマル副団長」

騎士団の副団長、と聞こえたが気のせいだろうか。

キラは背もたれから身体を起こし、副団長、と復唱してみる。

「そんな立場のある方が、僕の護衛なんてしてていいんですか」

ウマルは相好を崩して、肩をすくめた。

「それこそキラさまが大切に想われている証左じゃないですか」

誰から、とは言わないが分かっている。英雄と称《たた》えられている二人の騎士を派遣できる立場――王太子だ。

この日は公使邸に泊めてもらうことになった。

ヤスミーンが治療を終えて合流し、みんなでその労をねぎらう。そうしているうちに来客があった。ジャムシードたちによって賊から救出された子どもの父親と祖父だった。彼らはアーフタープの国民で、港町ルシャワールを拠点に商売を営んでいた。

キラは話の邪魔にならぬよう、うとうとし始めたミールを部屋に連れていく。この重みも汗ばんだ肌も、ずっと感じていたくて寝台に下ろす気にならない。

「ミール、ミール、大好きだよ」

溢《あふ》れて脈絡もなく伝えたくなる。頬に何度も唇で触れる。

「ぼくもだいすき、母さま……」

二人で寝転び、手をつないで見つめ合った。小さなふにふにとした手が温かい。

「あのね、母さま、だれにもいわないでね」

「うん、何？」

「ほんとうは、こわかったよ」

ミールの目から涙が止めどなく溢れ出して、寝台の敷布を濡《ぬ》らしていく。胸元に抱き込んで、その黒髪に何度も口づけをした。

「そうだよね、そうだよね……怖い思いをさせてごめんね……」

「こわいおとこのひとがたくさんいて、あしがふるえて、からだがさむくなって。こえをだしたらおこられるから、こころのなかで、ああどうしよう母さま母さまっていっしょうけんめいよんでたよ……」

ひんひんとしゃくり上げながら、懸命に説明する。

「うん、うん、そんなの大人だって怖いよ……助かって本当によかった。ジャムシードとウマルに感謝してもしきれないよ。もう絶対に怖い思いはさせないからね、僕が守るからね……」

「ぼくははやく、とうさまたちみたいに、こころもからだもつよくなりたい。とうさま、ほんとうにかっこよかったんだよ……」

とうさま、と呼ぶのはジャムシードのことだ。今日のことで、ミールにとっては彼が〝理想の大人像〟になったに違いない。

「きっとなれるよ、でもまだもう少しだけ僕のかわいい子どもでいてくれる？　本当はずっと抱っこしていたいくらいなんだよ」

「うん……もうすこし、こどものきしでいるね……」

しばらく会話をすると落ち着いてきたのか、ミールは涙の跡を頬につけたまま深い眠りに就いた。そのトクトクという速い心音とぬくもりに、キラも吸い込まれそうになっていた。

＋＋＋

キラたちが寝室に下がると、ウマルが応対していた商人親子の前にジャムシードが姿を現した。

深々と頭を下げる商人親子は、救出された孫息子の礼に贈り物をさせてほしいと申し出る。

「まさか助けてくださったのがサルバード戦線の両雄だったとは……幸運としか言いようがありません。手に入らない商品はないと自負しておりますので、お望みの物をおっしゃっていただければ」

「必要ない」

ジャムシードはひざますいて頭《こうべ》を垂れる二人の向かいに座り、面を上げるよう促した。

「……！」

商人親子のおそらく五十代であろう父の顔から、笑顔が消えた。息子は「そうおっしゃらずに、宝石類などいかがでしょう」と食い下がる。

「礼など必要ないが、協力してほしいことがある。港町ルシャワールが拠点だと言ったな？」

父親が下を向いたまま「さようでございます」と震える声で答える。

ジャムシードは、ウルジという種苗卸の男を探す手伝いをしてほしいと頼み込んだ。

「珍しいバラの卸で、一度は納品を断られたのだが諦《あきら》められなくてな……」

息子が組んだ手を揉《も》んで返答した。

「お安いご用です、人脈が自慢ですから！　手がかりをいただければすぐに見つかるかと」

「その男はおそらくオメガだ。もしくは側近に男のオメガがいる」

それなら簡単に探し出せる、と息子は胸を張った。男性のオメガはチャーンド帝国のように誘拐の心配などはないものの、やはり希少性なので目立つ。

「しかし、そんな簡単なことでよろしいのですか。一級品の絨毯《じゅうたん》でも貴族のみなさまが欲しがる象でもお届けさせていただきた――」

ぺらぺらとよく回る息子の口を、父親が塞《ふさ》ぐ。

「それ以上何もしゃべるな。大変失礼を……いたしました」

「その気持ちだけありがたくいただこう。ご子息のそばにいてあげてくれ、きっと一生分の恐ろしい思いをしただろうから」

ジャムシードは眉尻《まゆじり》を下げた。ウマルが付け加える。

「お二人、我々は極秘任務でこの地にいる。今日のことは他言無用で願いたい」

息子は「自慢できずに残念だなあ」などとぼやいているが、父親はその息子の頭を押さえつけ、自身も絨毯に額をこすりつけて声を振り絞った。

「仰せのままに」

連絡は「アーフターブ宮殿、スハイル宛」に出すよう指示すると、息子も表情が固まった。

「きゅ、宮殿？」

ウマルが豪快に笑い飛ばした。

「だから極秘任務だと言ったろ？」

＋＋＋

いつの間にか眠りこけてしまったキラを覚醒《かくせい》させたのは、わずかな足音だった。暗闇《くらやみ》の中、誰かが寝台に近づいてくる。

その人物がギシ、と寝台に腰かけた瞬間、ふわりと漂うシャクヤクの香り。

寝たふりをして薄目を開けていると、大きな手がミールの頬をなで、その手で今度はキラの髪をわずかになでた。

全身の血管がキュ、と音を立てて収縮する。

温かい手だ。この手で何度もキラを守ってくれた。そしてミールの命も助けてくれた。触れたところから、じわりじわりと優しさと好意が伝わってくる。ぬくもりは雄弁だ。

（そばにいたい、そばにいたい……きっとミールだって）

明日になれば、公使の準備した公用船でアーフタープに入国することになる。この家族に扮《ふん》した不思議な旅の終わりがやってくるのだ。王太子と対面し、ジャムシードに寄せた自分の初恋も終わる――と急に現実味を帯びてくる。

（もう今夜しかないんだ！）

キラはカッと目を開けて、自分の髪に触れていたジャムシードの手をつかむ。

「うわ」

普段「なんでもお見通し」のような顔をしているジャムシードが、珍しく狼狽《ろうばい》していた。

「申し訳ありません、汗をかいていたようなので」

「嘘《うそ》だ」

ジャムシードが自分たちに触れた言い訳を、断罪する。

「あなたは嘘をついている。嫌みやからかいはすらすら出るくせに、本当に大事なことは言わないんだ」

視線や行動ににじみ出るほど、言いたいことがあるくせに。

キラは身体を起こして、ジャムシードを庭に連れ出した。ぐいぐいと手を引いて、初夏の花が咲き乱れる夜の庭をかき分けて。

「ジャムシード、もう白状してください」

「は、白状？」

くるりと振り返ってジャムシードと対峙《たいじ》すると、キラは大きく息を吸った。

「僕が好きなんでしょう？　しらばっくれてもだめです、あんな目で僕を見ておいて。あれで好きじゃなかったら、あなたはとんだ人たらしです」

ジャムシードは硬直している。

「はじめはオメガとアルファだから、ドキドキしてしまうのだと思っていました。でも先ほどの触れ方で確信しました。あなたは僕が好きなんだ」

キラはジャムシードの右手を、両手で握った。手汗をかいているが、今はそんなこと気にしていられない。これが、最後の賭《か》けなのだ。

「だから……だから……僕と逃げてください！」

全身が心臓になったかと錯覚するくらい脈が速くなっていた。言われたほうは、これ以上ないくらい目を見開いている。

「そ、それはどういう――」

「言葉の通りです、ジャムシードが僕とミールを攫って逃げるんです」

お願いしている立場なのに、うっかり決定事項を説明するような口調になってしまった。

しかし、それくらいの決意であることは伝わっているはずだ。

「僕はうなじに嚙み跡がついていますが、その番《つがい》である王太子には正妃がいらっしゃる。その方の側室の一人に戻るために、僕はアーフタープに戻らねばなりませんか？」

キラはジャムシードの胸にドンと額をぶつけた。顔を見られたくなかったからだ。

「あ……あなたのそばに……お、置いていただけませんか……ミールとともに」

キラはぎゅっと目をつぶった。

この言い方が最善かどうかは分からないが、精一杯絞り出した言葉だった。

こんなことなら村の洗濯場で、もっと女性たちの恋愛話を盗み聞きしておけばよかったと後悔する。

ジャムシードは沈黙していた。ただ、額から伝わる彼の心拍がどんどん上がっていくのは感じ取れる。

「あ、あの、だって、ミールがジャムシードにとても懐いていますし……」

そう言いかけたキラの肩に、そっと手が添えられる。顎下に長い指が滑り込み、おそらく熟れた果実のようになっているキラの顔を強制的に持ち上げられた。

目が合ってしまう。満月を背に微笑むジャムシードの美しさは、さらりと冷えた空気も手伝って、冴《さ》えわたっていた。

「ミールが理由ですか」

「あ……ごめんなさい、ミールのせいにしてしまいました。僕の願いです……僕は、あなたに攫われたい」

表情を変えずにこちらを見ているジャムシード。

決死の告白は、伝わったのだろうか。

しかし彼の立場を考えると、自分が今こうでもしなければ、何もなかったようにアーフタープで別れるに違いない。

涙腺《るいせん》から熱いものがこみ上げて、堰《せき》が決壊したように溢れてくる。

「うなじに噛み跡があって子どももいて、何を言ってるんだろうって自分でも思うんですけど、僕にとっては初めての恋なんです」

自分が番以外の異性を受けつけない身体であることは理解している。ジャムシードがキラをそばに置いても、オメガとしてはなんの役にも立たないことだって。

しかし、彼の自分に向けたまなざしも、自分が彼を慕う気持ちも、本能や媚香《びこう》といった生物学的な理由を超えたところにある、そうあってほしかった。

キラはまっすぐ彼を見つめた。もう目をそらしたり、言い訳をしたりできない。これが思いを伝える最後の機会なのだから。

「誠実で優しくて頼もしくて……嫌みだけど……わずかな旅の間でもあなたが素晴らしい方だということは分かりました、自分なんかと釣り合う方ではないということも。でも、好きなものはしょうがないんです。これはオメガとしての好意じゃない、僕の恋なんです」

握っている彼の手を、自分の頬に触れさせる。

「お願いです、僕と逃げてください」

言いたいことを吐き出してしまうと、返事を聞くのが突然怖くなり、唇が震えた。

月明かりでくっきりと浮かび上がった彼のシルエットが、ぴくりと動く。そして、こんな言葉が返ってきた。

「――あなたのほうから言ってもらえるなんて」

ジャムシードは花が咲くように微笑んだ。

「このまま、あなたを攫って自分のものにできればどんなに幸せか」

「では……！」

ジャムシードは唇を噛んで、視線をそらした。

「しかし、まずはあなたを本国へ連れ帰り、専門的な医師に診《み》てもらうことが最優先です」

「どうして、僕たち同じ気持ちなんですよね？　なら記憶なんてもう必要ありません！」

「記憶など取り戻さなくてもいい」

ジャムシードは厳しい口調でキラに視線を戻す。先ほどの花がほころんだ表情は消え失せ、凜《りん》とした騎士の顔をしていた。

「あなたの精神は、とても脆《もろ》くて薄い板の上にあるのです。私が無理やり奪って、あなたの内にある何かを刺激してしまえば、その薄い板が壊れる可能性だってある。やはり専門医に診てもらうべきだ」

記憶障害を無理に呼び起こせば、二次障害が起きる可能性もあるとした医師の意見を、ジャムシードは重視しているのだ。

キラをまっすぐ見つめる黒曜石のような瞳《ひとみ》は、意志に揺るぎがなかった。覆せない、と分かる。何より、自分を思ってのことなのだ。彼らしい決意だった。

「分かりました……ご無理を言って申し訳ありません」

初恋は見事打ち砕かれた。それでいい、と理性が自分に言い聞かせた。

不意に、ふわりと抱き込まれる。別れの抱擁のつもりなのだろうか。

最後に一つだけ、願いごとを言った。

「一度でいいので、僕の名前を呼んでくれませんか……きっとアーフタープでは以前の名で呼ばれるのでしょうから」

自分を抱きしめるジャムシードの腕に、いっそう力が入り、低い声が揺れた。

「キラ」

キラはうなじの噛み跡に思わず触れた。そして唇を切れそうなほど噛んで自分に言い聞かせた。

王太子から寵愛《ちょうあい》を受けていたにもかかわらず、その記憶をなくし彼の臣下に惚《ほ》れてしまった自分こそ理に反するのだ、ジャムシードのことが本当に好きならこれ以上困らせてはいけない——と。

「ジャムシード、あなたのことが好きだった僕を、覚えていてください」

「忘れることなどできません。本国に戻っても、王太子など受け入れなくてもいい、あなたが生きていればそれでいい。あなたとミールが健やかに暮らせたらそれでいいのです。私が、身命を賭《と》してお守りします」

キラの涙が青いストールに染みを作り、濃紺へと色を変えていく。〝真夜中の青〟に似ているなどと、ぼんやり思うのだった。

【6】母国に待ち受けていたもの

タバ島から出港した公用船は、一晩でアーフタープ王国に到着した。

港町ルシャワールに降り立つと、見たこともない数の護衛や使用人が出迎え、キラたちは馬車で移動となった。王室専用の馬車は、これまで乗ってきたものとは別格で、鉄の車輪に黒塗り車体、毛皮の座席――とこれ以上ないほどの豪華さだ。この国の繁栄を象徴しているようだった。

そこでヤスミーン、ウマルの両人と別れることになる。

「どうして……どうしてここでおわかれなの」

馬車の前で、ミールがべそをかいてウマルにしがみついた。ウマルはこれまでの護衛姿ではなく、庶民的な商人の服に着替えていた。

「ぼっちゃん、違うんですよ。この街で人捜しの任務が残っているんです。見つけたらすぐに、坊ちゃんのもとに駆けつけますよ」

「ほんとうに？　ぼくがりっぱなきしになれるようおしえてくれる？」

「もちろんです、誰よりも強い騎士にしてみせます。腰の木刀は騎士の命です、いつも離さずお母上をお守りするのですよ」

熱い抱擁を交わす二人を横目に、キラはヤスミーンの傷を気遣った。

「けがをしているのに任務につかなきゃいけないなんて……」

縫合したばかりの傷を上着で隠したヤスミーンは、軽く片目を閉じてみせた。

「人使いの荒い王太子に言ってください、女の子に傷が残ったらどうしてくれるって」

「本当だよ、心配だなあ……無理しないでね」

「傷が残ったらキラさまにお嫁にもらってもらいましょうかねえ、王太子の番の妻……泥沼ですねえ、ふふふ」

「もう、からかわないでくれ！」

タバ島でヤスミーンが諜報部の軍人と知らされてからは、彼女が本来の口調で会話をしてくれるようになったので、友人が初めてできたような気分だった。

では行きますね、とヤスミーンはウマルに寄り添う。今度は二人が夫婦のふりをして行動するのだという。

彼らが合流したのは、商人の親子――タバ島でミールとともに賊から救出された男児の祖父と父――だった。それを見送って、キラたちも豪勢な天蓋《てんがい》付きの馬車におそるおそる乗り込んだ。

馬車に揺られて半日。到着した、と告げられて見上げた建造物にキラは言葉を失った。

見たこともない白亜の建物は、尖塔《せんとう》が雲を突き破りそうなほど高い。

「王太子は、こ、こんな大きなおうちに住んでいるのですか……」

「いえ、これは住居ではなく門です」

人の背の十人分はあろうかという扉が開き、馬車が入っていくと、高い壁に囲まれた広場に出る。幅の広い緩やかな階段を見つけたので、ここで馬車を降りて登っていくのかと思いきや、ジャムシードから再び信じられないような説明を受ける。

「あれは象の道です。象に乗って移動する際は幅が必要なので」

「象」

おうむ返ししかできないでいるキラに対して、象を絵巻でしか見たことのないミールは大興奮だ。

「そうにあえるの?」

「お望みならいつでも乗れますよ」

「あたまのうえにのってみたいなあ」

「そのまま乗るとチクチクしますよ、象は毛も太いので」

キラは壁の色にも違和感を覚える。これまで見たことのある建物は、木や土の壁、そして高級な建造物は石造りだった。こんなに赤い壁は見たことがない。

不思議そうに眺めていると、ジャムシードが解説してくれた。

「日干しレンガだった城塞《じょうさい》を、より硬い建材で建設し直したのです。焼成レンガといって一度焼くので成分や工程の関係で赤くなるのです」

城塞内にいくつもある建物のうち、白亜の小宮殿前に馬車が止まる。

「こちらが王太子殿です」

ジャムシードが先に馬車から降りて、キラとミールの降車に手を貸してくれた。キラの手が重なった瞬間、彼が瞠目《どうもく》する。指が冷えきっていたのがばれたのだ。

「恐ろしいですか?」

「……はい、どうして自分がこんな場違いなところにいるのか分からなくなってきました」

「どうぞご安心を、あなたの住まいでもあるのですよ」

「住まい……」

キラはその言葉に引っかかりを覚える。自分の住まいは後宮ではなかったのか、そしてその後宮はすでに廃止となったのでは――。

支えてくれていた手があっさりと離れる。彼をうかがうと満面の笑みを携えていて、みぞおちあたりがシクシクと痛んだ。

(任務をやり遂げてほっとしているのかな、これでジャムシードに触れるのはきっと最後なのに――)

小宮殿の広間に入ると、キラはまた圧倒された。

外観では真っ白だった丸天井の裏側は、植物をモチーフとした青や緑、黄で細かな幾何学模様が描かれている。その緻密《ちみつ》な美しさに吸い込まれそうなほど見入ってしまう。壁には多彩なタイルのモザイク画が飾られている。跳ね馬にまたがる戦士たちの姿だった。

（ここに王太子――いや、僕の番がいるんだ……）

心臓が跳ね回っている。きゅっと握られた指先に気づくと、ミールが頼もしい表情でキラを見上げていた。

「だいじょうぶだよ、ぼくがついてる」

「ありがとう……おかげで心強いよ」

子どもをあやす言葉としてではなく、本心だった。ミールがいたからこそ、これまで生き抜くことができたのだとキラは思う。「きょうはここにとまるの？」と聞いてくる。この宮殿もこれまでの宿泊地だと思い込んでいるようだった。

回廊の向こうから、明るい男性の声が響いた。

「やあやあ、今か今かと待ちわびたよ！」

繊細な紫の刺繍が施された正装の男性が、こちらに向かって歩いてくる。

その声に、もしや彼が、と心臓が跳ねた。

すらりとした身体つきに長い手足、頭には宝飾品を絡めた鮮やかなターバンを巻いている。優しげで、すっきりとした顔つきの男性だった。

男性はキラを見るなり、駆け寄った。目の周りを赤くして、なんの遠慮もなくキラを抱きしめた。

「よくぞ無事で……！　おかえり、おかえり……ずっとずっと心配していたんだよ……あぁ、アリー、僕によく顔を見せて」

突然の抱擁に身体を硬直させる。そして今呼ばれた名前が、自分の名だと気づく。

(僕はアリーと呼ばれていたのか)

「ああ、こんなに痩《や》せてしまって……」

さすが番とでも言おうか、抱きつかれても顔をなでられても嫌悪感はなく、それどころか彼から漂う香りはどこか懐かしく、自分が子どもに戻ったような感覚になる。

「スハイル！　記憶障害がどうなるか分からないから本名もだめだと文にも書いただろう！」

「ああ、ごめんごめん、嬉しくてつい……わあ、この子がお腹にいた子だね？　顔はアリーそっくりだ」

スハイルが手を伸ばすと、ミールが驚いてキラの後ろに隠れた。

「スハイル、いいかげんに――」

「ジャムシードはうるさいなあ、感動の再会くらいさせてよ」

ジャムシードとスハイルの会話は、騎士と王太子のものとは思えないほどくだけていた。一体どうなっているのだ、とキラは二人を交互に見る。察したスハイルが指を立てて教えてくれた。

「そうか記憶がないから僕らの関係も知らないんだね。幼なじみで親友なんだ」

そういえばジャムシードが王太子のことを「世間知らずのボンボン」と評していたのを思い出す。そんな軽口をたたけるほど仲がいいのだろう。

ジャムシードがすぐにキラを医師と面会させようとしていると、一人の侍女がひざまずいて進言した。

「恐れながら、船旅でお疲れでしょうから先に湯あみはいかがでしょうか。準備は済んでおります」

その提案にスハイルが「いいね！」と応じた。

「ジャムシードが送りつけてきた花が大量にあるから、湯船に散らすといいよ」

キラは侍女に、ある部屋に案内される。

「湯殿ではないのですか？」

「奥方様にご用意したお部屋に、専用の湯殿が備え付いております」

キラは部屋の入り口で立ち止まった。湯気とともに立ち上る香りに、めまいを覚えたからだった。

（バラに蜜《みつ》を垂らしたような……この香りは）

その原因はやはりあの青紫のバラ――〝真夜中の青〟だった。脚のついた浴槽にびっしりと花びらが浮かべられている。

こめかみがズキズキと痛む。袖を引かれたので振り向くと、ジャムシードと一緒にいるはずのミールがついてきていた。

「一緒にお風呂《ふろ》に入る？」

ミールは首を振った。心細いので母親と一緒にいたいだけなのだろう。

三人いた侍女のうち、二人が姿を消した。着替えを準備するのだという。入浴の介助を担当する侍女がキラの上着を脱がそうとする。

(困ったな、息苦しくなってきた)

浴槽のそばだとさらに香りが強く、気を失ってしまいそうだった。

「すみません……やっぱり僕、お風呂入らなくてもいいですか」

「どうされました、ご気分が優れませんか」

キラは湯船に浮かんだバラの花びらをすくって、じっと見つめた。

「なんだか、この香り、すごく悪い予感がするんです……よく悪夢にも出てきて……」

そう言いながら、キラは自問した。悪夢の印象が強いが、いい夢もこんな香りがしていなかったか、と。

「悪い予感とは？」

侍女が聞き返してきたのと同時に、一瞬だけ手の甲に熱を感じた。最初は熱湯がはねたのかと思ったが、よく見ると皮膚に赤い線が浮かび上がっていた。血だ。

顔を上げると、侍女がナイフを自分に向けていた。

「な、何を……」

侍女は被っていた頭巾を取り、にたりと笑った。そうして出された声は、女性のものではなかった。

「のこのこと戻ってきやがって」

体格や目の色から、男性のオメガのようだった。

「……なんですか、あなたは」

「なんですかじゃないよ、この死に損ない。処分のための金も業者に払ったのに、生きて帰ってくるなんて……！」

侍女に扮したオメガがナイフを高く振り上げる。

その動きが、キラの目には遅速に映った。オメガの握るナイフが光を反射し、キラに差し込む。

よくうなされていた悪夢の続きを見ているようだが、先ほど切られた手の痛みが現実だと教えてくれる。

振り下ろされたナイフをキラはとっさに避けると、そばに立ち尽くすミールを突き飛ばした。

「逃げなさい！　誰か助けを呼んで！」

振り向くと、オメガがもう一度ナイフを振り上げて、こう叫んでいた。

「今度こそ、確実に殺してやる！」

その言葉に確信する。

これは悪夢の続きではない、再来だ。

(あの夢どおり僕は一度、ここで殺されかけたんだ)

そして懇願したのだ。お腹に子がいる、命だけは取らないでくれ――と。

オメガが両手で握った短刀が、自分に向けてまっすぐ振り下ろされる。避ける余裕のなかったキラは、両腕を十字にして防ぐしかなかった。

(だめか)

覚悟をした痛みに襲われることなく、ガチンッと硬いもの同士がぶつかる音がした。

目に飛び込んできたのは、ミールの背中だった。

ミールがキラの前に飛び出し、ウマルお手製の新しい木刀でオメガのナイフをはじきとばしたのだ。

「ミール！」

英雄仕込みの、弧を描くような美しい一振りだった。ナイフは部屋の隅にはじき飛ばされ、オメガが表情を歪ませる。

「母さまは、ぼくが、ま、まもるんだ！」

ミールが震える声でオメガの前に立ちはだかる。

「お前……あのとき腹の中にいた子どもだな。今度こそ一緒に死なせてやる！　お前のせいで、お前らのせいで、私たちの立場も生活も奪われたんだ！」

数歩下がったオメガは脚に隠した別のナイフを、つられて前に出るミールに向けた。

「ミール逃げて」

「きしは、にげないっ」

キラが手を伸ばすが、オメガがナイフを振り下ろす速さには追いつけない。

キラの絶叫が部屋に響く。

「ミールッ！」

そのミールを、白い服の人物が包み込んだ。

オメガが振り下ろしたナイフは、ミールを抱き込んだ長髪の男性――ジャムシードに刃を立てた。背中と一緒に切られた黒髪が宙を舞う。

ジャムシードは無傷のミールを抱き込んだまま、その場に倒れる。白金の貴族のような服に、赤黒い血液がじわじわと広がっていく。

「じゃ、ジャムシード……！」

ミールを抱えたまま、ジャムシードは動かない。

——まさか。

タバ島で抱き合った夜に、彼の放った言葉が脳裏によみがえる。

『私が、身命を賭してお守りします』

（そんなの言葉のあやでしょう）

ジャムシードを切りつけたオメガは、「そんな、まさかあなた様が」とナイフを握ったまま震えている。

キラはその隙を見逃さなかった。

ふくらはぎに力を込め床を蹴ると、オメガの胴体に向かって抱きついた。彼を押し倒したまま馬乗りになり、頭を拳《こぶし》でガツンと殴った。

「よくもジャムシードを！」

「ひいっ」

殴られたオメガは両手で頭部をかばおうとするが、怒りに我を忘れたキラはまだ殴り続ける。ガツン、ゴツンと鈍い音がして、オメガの「やめて」「助けて」というすすり泣きが聞こえる。

キラはワーッと泣きじゃくりながら、オメガを殴った。

「返せ、僕のジャムシードを返せ！　ミールにまで危害を加えて！　許さない！　このバカ！　貧乏人！　のろってやる！　×××ブタ！」

思いつく限りの悪態を並べ立てる。十発ほど殴ったところで、振り上げた手首をつかまれた。

「もういい、彼は処罰される」

つかんだのは、殺されたはずのジャムシードだった。泣きじゃくるミールを胸に抱いて。

「大丈夫、私は死んでいない」

ナイフで切られた短い黒髪が揺れる。

「へっ……？」

「あなたのジャムシードは死んでいない」

僕のジャムシードを返せ、と叫んでいたことを思い出したキラは、目の前が真っ赤になるほど恥ずかしさに襲われる。なんてことを口走ってしまったのか。

「だって血が」

「服が白だから目立っているだけで傷は浅い、大丈夫だ」

ジャムシードが「生きてるよな？」と胸の中のミールに問いかけると、ミールは涙をためた目でじっとジャムシードを見つめ、彼の頬に手を伸ばした。

「――父さま？」

本当の父がいる手前、その呼び方は改めさせなければならないのだが——。

ジャムシードはくしゃくしゃに笑って、ミールの頬に自身の頬を寄せた。

「ああ。おかえり、ミール」

——おかえり？

キラが啞然《あぜん》としている前で、駆けつけたスハイルが騒ぐ。

「わっ、なんなの！　ジャムシード、血が出てるし！」

スハイルが駆け寄ってジャムシードの命に別状がないこと、キラやミールにけががないことを確認すると、廊下に向かって叫んだ。

「医師を呼んでくれ！　ジャーヴェード王太子殿下が斬られた！」

スハイルはきっと動揺しているのだろう、とキラは指摘する。

「あの……スハイル殿下、斬られたのはジャムシードです」

へっ、と裏返った声を出して、スハイルはのけぞる。

「なんで僕が殿下？　殿下ならアリーの目の前にいるじゃない、僕は留守番を任された彼の臣下だよ」

目の前——。

目の前には、ミールを抱いたたくましい騎士、ジャムシードしかいない。

（どういうことだ）

番だと思っていたスハイルは王太子ではなかった、目の前にいる〝彼〟が殿下――。

「いや……でも彼はジャムシードで……」

混乱するキラの手をジャムシードが握り、背中が痛むのか少し苦しげに笑みを浮かべた。

「ジャムシードは幼名だ。立太子の際にジャーヴェードになったが、かつての君やスハイルは親しみを込めて幼名で呼んでいた」

――立太子。

ジャムシードの背の傷口を押さえながら、オメガの拘束や医師の手配など的確に指示を出していたスハイルが、悲鳴に似た声を上げる。

「えっ……ジャムシード！　まさか自分のことも伝えてないの！」

「ああ、医師に診てもらうのが先だと」

固まってしまったキラをよそに、医師たちが駆けつけてジャムシードの傷の手当てを始めた。キラに殴られて気を失っているオメガは、近衛兵たちに担がれていった。

ミールがジャムシードに「父さま、父さま、こわかったよ」と泣いてすがりつく。

その声音がこれまでと違っていることに気づく。父親のふりをした彼に向けた〝家族ごっこ〟ではなく、子猫が親を呼ぶような声なのだ。

（ミールが一番に気づいたんだ、父親は誰かを）

そして自分はずっと気づかなかったのだ。この騎士が誰なのかを――。

脚が震える。

肺が呼吸の仕方を忘れ、息苦しくなっていく。

唇は、まさか、まさか、と勝手に動く。

もし彼が、そうだとしたら。

うなじが日焼けをしたようにジリジリと熱くなり、思わずそこに手を添える。

村での出会い——もとい再会から、旅路でのジャムシードの言動がいくつもよみがえる。

『何度でも言います、あなたは素晴らしい人です。生きていただけでも奇跡なのに、子どもを一人で産み育てていた』

『本国に戻っても、王太子など受け入れなくてもいい、あなたが生きていればそれでいい。あなたとミールが健やかに暮らせたらそれでいい』

向けられていたまなざしや言葉は、無私の愛だった。

(あなたは、あなたという人は)

一昨日《おととい》の夜、この恋を諦めると決めて泣き尽くしたはずなのに、今度は驚きと感謝で涙が止まらない。

「あなたが僕の番……なのですね、ジャムシード」

手当てを受けるジャムシードは、短くなった髪をかき上げ、目を赤くして涙を堪《こら》えていた。

「生きてさえいれば必ず会えると信じていた。それなのに君は生きてくれていた上に、一人でミールを立派に産み育ててくれていた。これ以上の幸運があるだろうか」

涙で前が見えない。

ひなびた村に単騎でやってきた騎士が、まさか自分の番だと想像できただろうか。嫌みやからかいの得意な旅の同行者が、まだわずかしか膨らんでいないお腹に耳を当ててはしゃいでいた自分の番だと気づくことができただろうか。

番だった人に初めての恋をしていたと、気づけただろうか。

「おかえり、私の妃」

ジャムシードが広げた腕におそるおそる歩み寄ると、ミールと一緒にこれ以上ない力で抱きしめられた。

ふわりと濃くなるシャクヤクの香り。香りはずっとキラに真実を教えてくれていたのだ。

「初恋だと思ってた相手が番だったなんて……」

「二度も君の初恋の相手になれて光栄だよ」

一度目の初恋もジャムシードだと知って、キラは納得する。きっと何度でも彼を好きになるに違いない。もう記憶がなくなるのはごめんだが。

キラの頬に温かい滴がぽたりと落ちてくる。見上げると彼の忍び泣く姿があった。二人の間にいたミールにも落ちかかる。

それに気づいたミールは、どこかで聞いたことのあるせりふとともに、両親の頬を交互になでてくれた。

「だいじょうぶ、だいじょうぶ、ぼくがまもるからね」

なんと優しい子だ、とジャムシードの腕に力が込められた。

「長かった……長かったが、愛しい番と心の優しい息子が一度に帰ってきた。こんなふうに二人を抱ける日が来るなんて……恨み続けた神が、最後に奇跡を起こしてくれたのか……」

キラは、シャクヤクの香りに包まれながら、そのぬくもりに身体を預けた。


傷の手当てが終わると、ジャムシードは記憶障害に詳しい専門医にキラを診せ、その立ち会いのもとでこれまでの経緯を説明し、真実を告げなかったことを改めて謝罪した。

この五年、必死でキラことアリーを探し、それらしき男性オメガがいる集落には、必ず自分が騎士に扮して出向いていたこと。再会して記憶がないと分かったとき、とっさに騎士を名乗ってしまったこと、精神状態を乱すなという医師の忠告を受けて嘘をつき続けなければならなかったこと――。

「でも本当に騎士ではないのですか？　サルバードの英雄だとみなさんが」

スハイルが笑いながら説明してくれる。

「この人は変わった王族でね、五年だけ本当に騎士をしてたんだよ。僕の屋敷に勤めていた君は、そのときにジャムシードと出会って側室になった」

スハイルが自分を弟のようにかわいがっていたと聞いて、抱きしめられた際の懐かしさにも合点がいった。

「そ、そうだったんですね……」

自分の声が沈んでいくのが分かる。先ほどまで感動に打ち震えていたのに、側室、と聞いて現実を思い出してしまったからだ。

大切に思われていたとはいえ自分は側室の一人であり、彼には正妃がいるのだ——と。

(それでも十分だ、そばにいられるんだ)

キラはそう自分に言い聞かせ、気にしていないことを匂《にお》わせるために、思い切ってその話題を切り出した。

「あの、うわさで正妃がご病気で臥《ふ》せっていらっしゃると聞きました。それなのに僕なんかを迎えるために宮殿を留守にしてよかったんでしょうか」

そのことなんだが、とジャムシードがせき払いをする。

「実は、王室ぐるみで嘘をついていることがある」

正妃が病に臥せっている、というのは王室が流した誤情報で、後宮オメガの失踪《しっそう》は、巷《ちまた》から発生したうわさだが、沈黙することで事実上の肯定をしていたという。

「ど、どういうことですか……？」

「失踪したのは正妃だ」

「えっ、正妃も？」

「違う、正妃が失踪したのだ」

キラはまたもや情報の整理ができず、目を見張ったまま固まってしまう。

「おかえり、私の妃」

上半身に包帯を巻いたままのジャムシードが、肘掛《ひじか》けにもたれて微笑んでいる。

「……へっ？」

希少で容姿の秀でた男性オメガを後宮で保護する制度は、ジャムシードの曾祖父《そうそふ》が創設した。祖父も父も通って側室を作ったが、国王の長子だったジャムシードは一度も足を踏み入れたことがなかった。

それどころか、騎士団時代にスハイル邸で出会った十七歳のオメガ、アリーことキラと番になり、別邸で同居を始めたため、さらに後宮と縁遠くなったのだ。次期国王最有力者の番が平民、それも使用人階級とあって王室はひっくり返るほどの大騒ぎだったという。

スハイルが説明を補足する。

「その時点では君は側室だった。だから、ジャムシードが騎士団を辞めて、王太子として政務に戻る際、君は後宮に住むと言い出したんだ。後宮は警備もしっかりしているし、宮殿とつながっているから王太子の移動の負担が軽くなるだろうって」

しかし、その選択は後宮にいた男性オメガたちの不興を買ってしまう。何も知らないジャーヴェード王太子ことジャムシードはその後、周囲の猛反発を押し切ってアリーを正妃とする。アリーはアーフタープ王室初の、平民出身の王族となり、後宮を出て王太子殿で暮らすことになった。

その後もジャムシードは側室を作らず、正妃だけを寵愛。アリーはまもなく懐妊した。朗報だと宮殿が騒ぐ陰で、後宮のオメガたちは正妃の暗殺の計画を立て始めた――というのが真実だった。

オメガたちはアリーを捕らえ、闇業者に引き渡し殺害を依頼したというが、その後の業者の足取りは不明だった。

その事件をきっかけに後宮は廃止され、奸計《かんけい》の主犯は判明しなかったものの加担したオメガたちは全員厳罰に処された――はずだった。

「きっとその一人が逃げおおせていたんだな……そいつがまさか侍女として紛れ込んでいたとは」

ジャムシードがギリ、と歯を噛みしめるのを横目に、キラは申し訳なさそうに質問する。

「ごめんなさい、整理できません……つまり僕は何者なのですか？」

「だから、ジャーヴェード王太子の正妃だってば」

さらりと言ってのけるスハイルに、キラは反論する。

「あの、この間まで羊の糞《ふん》の処理をしていたんです、僕。それに、身体が下働きの仕事を覚えていたからきっと奴隷だったのだろうって……」

「身体が覚えていて当然だよ、君は幼いころから奉公先で下働きをしていて、十三歳で僕の屋敷に来た。先ほども言ったけど、ジャムシードと番になるまでは使用人だったんだもの」

突きつけられた真実を受け入れられない。幸運に恵まれたアリーのまぶしさに、五年間キラとして生きてきた自分があまりに惨めで、存在をかき消されてしまいそうだ。

「ミールにお肉もほとんど食べさせてあげられなかったし、欲しいおもちゃも買ってあげられなくて、手作りおもちゃばかりで、く……苦労ばかりかけて……い、生きるのに必死で……」

なのに、正妃だ王族だと言われても。

目がじわじわと熱くなっていく。混乱が極まると、人間は眼球が熱くなるのだと初めて知った。

肩を抱こうとするジャムシードから、キラは身体を遠ざけた。

眼球だけでなく、ふつふつと血液が沸騰しているように顔が熱くなっていく。

「それなのに、あなたが王太子で、僕の番だっただけでも驚いているのに……僕が正妃だったなんて……ジャムシードは大事なことを言わなさすぎじゃありませんかッ？」

髪を逆立てているキラに対し、ジャムシードが困り顔で「だって医師が」と言い訳を始めた。

後ろでスハイルが「僕もそう思うよ、アリー」と同意していた。

「キラさま！」

部屋に飛び込んできたのはヤスミーンだった。キラとミールの身体をくまなく確認すると「ご無事でよかったぁ」とその場にへたり込んだ。

その後ろからウマルが若い男性を一人連れてくる。

「お待たせしました」

ジャムシードが顔を上げて「ウルジか」と問うと、その男が細面を上げて申し訳なさそうに頭を下げた。

誰だろう、と見つめているとヤスミーンが「キラさまの失踪当時に後宮にいたオメガです」と耳打ちしてくれた。

ウルジはヤスミーンとジャムシードの厳しい尋問によって、すべてを打ち明けることになった。

青バラ〝真夜中の青〟の種苗で商売をしていたウルジは、ヤスミーンの言う通り、かつて後宮に入っていたオメガだった。

美しいともてはやされて、後宮に集められた男性オメガたちは、王族の寵愛を受けるべく期待に胸をふくらませた。中でも王太子の側室となれば国母になれる可能性もある、と己の美貌《びぼう》を磨き競っていた。

しかし、実際は傍系の王族しか後宮に顔を出さなかった。ついに現れたと思ったら、すでに番にしたオメガ――アリーを連れてきたのだ。

ウルジも王太子の寵愛を一身に受けるアリーが憎かったし、正妃になったと聞いたときは、自分に限らず後宮のオメガたちは嫉妬《しっと》に身を焦がした。

しばらくして正妃の暗殺計画を耳にしたものの、気の弱かったウルジは加担しなかったが、それを止めることもしなかった。

事件後、後宮廃止が言い渡され、一年分くらいの生活費をもらった。ウルジはその際、後宮で育てられていた珍しい青バラ〝真夜中の青〟を無断で根こそぎ持ち出し、その種苗を元に商売を始めたのだという。

まもなく、正妃が病に臥せっているという王室の発表を耳にする。正妃は殺害されず、無事に見つかったのだと思ったウルジは、アリーへの妬《ねた》みを再燃させる。自分たちは追い出されたのに、同じ男オメガのアリーだけ大切されるなんて——不公平だと。

ウルジは、正妃存命の報を逆手に「嫉妬深い正妃に後宮を追い出された」などと周囲の同情を誘うように語ってきたのだという。

キラたちの前で膝をつき、背を丸めたウルジは涙目で打ち明けた。

「おそらく他のオメガも正妃を妬んでいたので、同様に言いふらしたのだと思います。王太子の寵愛を受けられれば一族が安泰だ、などと地元から送り出された者も多いので、正当な出戻りの理由が欲しかったのでしょう」

そうして巷では複数のオメガたちが流したうわさで、ある物語が組み上がっていく。

後宮のオメガを嫉妬心から追い出した正妃は、神罰が下り病に臥せった——と。

「チャーンド帝国に身ごもった後宮オメガがいるといううわさは、お妃様を連れていった業者経由だと思います」

ウルジによると、攫ったアリー妃の処分を任せたのは、役に立たなくなった奴隷を秘密裏に殺害して山に埋めたり、安く売りさばいたりする非合法の業者なのだという。いまだ奴隷制度の残るチャーンド帝国では、そのような者たちが暗躍していた。

「なるほど、ではその業者がアリーをチャーンド国内で売ったのかな……」

スハイルの推測に、ジャムシードは「分からない」と首を振る。アリーことキラはチャーンド帝国北西部の川辺に流れ着いたところを、村人に発見されたのだと説明した。

ウルジは目を赤くして謝罪を繰り返した。彼は泣いて詫《わ》びる姿でさえ美しかった。きっと王族の寵愛を受けるべく、夢を抱いて後宮に入ったのだろう、とキラは思った。希少な男性オメガとして矜持《きょうじ》を傷つけられた上に、突然市井に放り出された被害者でもあったのだ。

ジャムシードがウルジに頭を上げるように指示する。

「正妃が失踪したとなれば政情不安につながる、あれらうわさは好都合だったのだ。しかし事件に関しては誰もが口をつぐみ、全容が解明されていない。そのためにお前を探していた。主犯は誰だったか知っているのか？」

「じ、実は、主犯は……計画に加担していないふりをして処罰を免れました……」

黙っていて申し訳ありません、と再びその場にひれ伏すウルジ。

「もしかして、彼のことかな？」

スハイルの指示で、先ほどの侍女に扮した男性オメガがジャムシードたちの前に連行される。意識は取り戻したものの、顔には青あざができていた。自分が我を忘れて殴ったのかと思うと、キラはぞっとした。

「あッ……たぶん彼です！　彼がみんなを誘ったんです。宮殿に潜り込むのも闇業者に引き渡すのも『正妃を不快に思っている高貴な方が手引きしてくれる』って……」

その話に、キラとミール以外の全員が瞠目した。

「スハイル、その侍女に扮したオメガの紹介状を書いたのは――」

宮殿で働くためには、それなりの身分の後ろ盾が必要になる。

「調べてるよ、民部省の大臣だ。王弟殿下ご長男の腰巾着」

ジャムシードの従兄《いとこ》に当たる王弟の長男は、キラことアリーが正妃になるのを猛反対した一人だった。「未来の王妃が、平民でさらに使用人という低俗な身分出身では許されない」と。

「そういうことか」

怒りに満ち満ちて身体から湯気が出そうなジャムシードに、ウマルが伺いを立てる。

「騎士を出しますか？」

「いや、国王に任せよう。私がやるとその場で斬り殺してしまいそうだ」

ジャムシードは膝をついて震える。ウルジに、もう一度尋ねる。

「先ほど『たぶん』と言っていたな、アリー妃失踪事件の主犯がこの者に間違いないか確認してくれ」

「はい、彼です。名はサイードといいます。たぶん、と言ったのは、その、顔のあざがひどいので……」

「再び襲おうとして、正妃に返り討ちにされた。ボッコボコに」

ジャムシードの言い方に、キラは両手で顔を覆う。

「す、すみません……僕も自分がこんなに暴力的な人間だとは……！　だって本当にジャムシードが殺されたと……！」

スハイルは肩を震わせて思い出し笑いをする。

「いやあ、今だから笑えるんだけどさあ、『ばか、貧乏人、×××ブタ！』って回廊にも響いてたよ」

「一つだけ上級者向けの罵倒《ばとう》が混じっていたのは、ヤスミーンの指導の賜物だな」

ジャムシード一流の嫌みに、ヤスミーンが「優秀な教え子です」と肩をすくめた。

横で聞いていたミールが「ばか、びんぼう、ぶた」とまねし始めたので、キラは顔を真っ赤にして小さくなった。


大きな天蓋付きの寝台ですうすうと寝息を立てるミールの額を、ジャムシードがなでた。

「我が子とはこんなに愛しいものなのだな……と道中ずっと思っていた」

「よく名乗りませんでしたね、自分が番や父親なのだと。僕だったら隠し通すのは無理かもしれません、自分のことを思い出してほしくて」

「恥ずかしい話だが、真実を打ち明ける勇気もなかった。記憶がないだなんて想定外だったし、『あんたの番なんて嫌だ』と言われてアーフターブへの帰国を拒まれたら、と……」

「ジャムシードはずっと僕とミールに誠実でした。それにいい香りがしてドキドキしてたし……嫌いになるどころか、好きになってはいけないと自分に言い聞かせて大変だったのに」

——伴侶《はんりょ》だったなんて。

キラはジャムシードの黒髪にそっと手を伸ばした。侍女に扮したオメガに切られ、不ぞろいだったので理容師を呼んでさっぱりと短くした。そのシルエットはキラの夢の中に出てきた彼の後ろ姿そのものだった。

「髪……きれいだったのに残念なことです」

「いいんだ、帰国したら切るつもりだったから」

そういえば一度尋ねた際、もう切ってもいいと話していたのを思い出す。

「君が見つかるまで切らないと決めていた」

みぞおちまでまっすぐ伸びていたあの髪は、彼の五年分の苦しみと祈りだったのだ。

「ジャムシード……」

キラはジャムシードの頭を胸に抱き込んだ。

「苦しかったでしょう……！　全部忘れてしまって、思い出せなくてごめんなさい……！」

大きな手がキラの背中に回され、強く抱き込まれた。

「謝る必要などない。過酷な環境下で必死に生きていてくれて、私こそ礼を言いたいのに……ああ、すまない、情けないことに泣いてしまいそうだ」

目を真っ赤にしたジャムシードはキラの背に手を回して「本当は村で君を見た瞬間も泣きそうだったんだ」と声を震わせる。旅の途中、隠れて泣いたこともある——とも。

キラは彼の手を、自分の胸に導いて鼓動を伝えた。

「大丈夫、大丈夫、僕は生きています……あなたのアリーとは別人かもしれないけど」

「いや、記憶を失っても君は君のままだった。まっすぐで、嘘がつけなくて、少し怒りっぽくて……私が何年も片思いをしていた君のままだった。それが嬉しくて見つめていたら、君に怒られたんだ。『僕を連れて逃げて、僕が好きなんでしょう!』って」

ジャムシードが、ふふ、と嬉しそうに声を漏らす。

キラは抱いていたジャムシードの頭部を放して、両手で自身の顔を覆った。そうでもしなければ、恥ずかしさで燃えて炭になってしまいそうだ。

「王太子として君に振られながら、騎士として愛の告白を受けていたわけだ。寂しいやら嬉しいやらで、一瞬、立場を捨てて本当に攫って逃げてしまおうかと思った」

「ああ……僕はなんてことを……だって、だって……」

「君は悪くない。偽っていたのは私だから」

ジャムシードはそれでも後悔していない、と言った。

「私の気持ちなど些末《さまつ》なことだ、君とミールが生きているだけで奇跡なのだから」

キラを引き戻して、今度はジャムシードが胸に抱き込んだ。幸せだ、僥倖《ぎょうこう》だ、と独り言のように呟《つぶや》く低い声が、彼の胸板を通して振動で伝わってくる。

じわりと目の奥が痛くなった。

「幸せでも、涙が出るんですね……」

「そんな涙なら歓迎だ。引き裂かれていたぶん、触れ合おう。お互いのつらかった時間を埋め合おう」

ジャムシードがゆっくりと顔を近づける。キラは顎を上げると、口を薄く開いた。

（ああこれが、番としての、本当の口づけ）

「ん……っ」

しっとりと触れ合った唇の間から、厚くて熱い舌がぬるりと差し込まれ顎裏をなぞられる。

うなじの噛み跡が、またヒリヒリとやけどのように疼《うず》いた。

（身体は覚えていたんだ）

これまで何度も疼いていたのは、番以外の人を好きになった自分を責めていたのではなく、番との再会を身体が悦《よろこ》んでいたのだ。

ふわりと身体が浮いた。ジャムシードが横抱きにして、キラを隣室の寝台に連れていく。

キラはそれでも唇が離せなかった。まるで引き寄せ合う磁石のように、舌を絡め合う。

「ふ……っ、んぅ……っ」

抑制薬で発情期の名残は抑えているはずなのに、キラは口づけだけで身体を火照《ほて》らせてしまう。

振り返れば、一緒の部屋で就寝しないのかと言ったり、自分を連れて逃げるよう求めたり、発情期に彼の指でよがったりと、ジャムシードにははしたない部分ばかり見られてしまっている気がする。

それを彼に伝えると一笑に付された。

「はしたないなどと感じたことはない。私が理性と忍耐力を試されていただけで」

実は今もとても我慢している、と打ち明けられ、キラの体温がさらに上がった。

寝台に下ろされると、ジャムシードをそのまま自分に引き寄せ、覆い被さるような体勢になる。

「もう我慢しなくていいんですよね……？　ジャムシードも……僕も」

舐《ねぶ》られることを期待した口が半開きになってしまう。そこに彼の舌が入り込み、互いの唾液《だえき》を求め合った。

口づけをしている間に服はきれいに脱がされてしまい、唇を放したと思ったら目の前でジャムシードが上着を脱ぐ。初めて見る彼の裸体は、同じ男とは思えないほどのたくましさだった。大胸筋、腹筋はもちろんのこと、肩や脇腹《わきばら》まで筋肉の陰影が浮かび上がる。

ウマルとの鍛錬の場面を思い出す。雄としての、そしてアルファとしての色香ももちろんだが、おそらくその肉体美は、王太子となっても鍛え続けている証《あか》しだろう。

大胸筋の表面に目立つ、ひっかき傷の数々が目に飛び込んでくる。古いものもあれば新しいものもあった。キラはくっと唇を噛んだ。

(彼が胸をかきむしるほど苦しんでいた悪夢は、もしかして僕の夢――)

思わず手が伸びてその傷跡をなぞる。肌がぴくりと反応したので謝罪すると、ジャムシードが口の端を引き上げた。

「好きなだけ触れてくれ、君の男だ」

(僕のジャムシード)

そう脳内で繰り返すだけで、ズク……と下半身が疼く。緊張でくたりとしていた陰茎が芯《しん》を持ち始め、キラにまたがっていたジャムシードに気づかれてしまう。

もう一度口づけをすると、ジャムシードがまなじりを下げた。

「もちろん、君も私の男だ」

そう言うと、ゆっくりと舌が首筋や胸元をなぞっていく。手では硬くなったキラの陰茎を優しくなでる。

「んっ、あ……」

声が恥ずかしくて口元を押さえるが、ジャムシードによって取り払われる。

「だって部屋の外……警備の人が……っ」

「番の閨なのだから聞こえて当然だ」

声を聞かせてくれ、とジャムシードが上目遣いで懇願する。

「五年ぶりの逢瀬《おうせ》なんだ……君が感じてくれている声も吐息も、余すことなく……」

「あ……ジャムシード……」

「もっと名を」

「ん……っ、ジャムシード……っ、ああっ」

胸の膨らみをカリッと噛まれた瞬間、痺《しび》れるような甘さが全身に走る。腹の奥の器官がきゅうきゅうと音を立てて、さらなる刺激を欲している。

ジャムシードは、それを分かっているかのように、欲しいところに刺激を与えていく。

キラを自分の膝に向かい合うように載せると、舌で胸の粒をこね始めた。左手は臀部《でんぶ》の柔らかな肉を揉みしだき、右手では淡い色をしたキラの芯を扱《しご》いた。

「ひ……ふぅんっ……あ、あ、あ」

そこかしこに与えられる愛撫《あいぶ》と刺激に、脳が交通渋滞を起こす。

「あ、あ、あ、ぜんぶ、そんな……」

発言すらままならない。

「ああ……何度再会した君と抱き合う夢を見てきたことか」

じゅっ、と音を立てて吸い上げられる乳頭が、赤くぷっくりと膨れ上がっていく。

（すごい、どうしよう、気持ちがよくて死んじゃうかもしれない）

生理的な涙が目尻から落ちていく。そんな間にも双丘のあわいから、とろりとしたオメガの蜜がこぼれ出す。子を成す器官がアルファを待ち構えているかのように。

臀部を揉んでいた彼の左手が濡れそぼった秘部をなぞり、ゆっくりと侵入してくる。

「んぁっ……」

ビクンと身体を揺らしたのと同時に、背中から寝台に組み敷かれる。太ももの間にジャムシードが顔を埋《うず》め、後ろの蕾《つぼみ》を解しながら、ゆっくりとキラの雄の先端を口に含んだ。

「っう、あ、あ、あ、だ、だめ、なんてこと……！　き、きたな……ひ、ああっ」

生殖器同士の接触は想像できたが、まさか陰茎を口で舐められるとは思っていなかったキラは、混乱と同時に、激しい快楽の波に飲み込まれる。

「ん……っ、や、やめ……あつい……た、たすけて……へん、へんですそれ……っ」

完全に硬くなってしまった陰茎は、その大きさがほどほどなせいで彼の口に収まってしまう。ヌルヌルとした熱い粘膜に包み込まれ、唾液とともにこすり上げられると、目の奥でチカチカと火花が散るような快感に襲われる。同時に後孔に挿入された太い指が、内壁をぐずぐずとなでていく。

「ゃあッ」

寝台から腰が浮いてしまったのは、以前も刺激された腹側の膨らみを探り当てられたからだった。ジャムシードは口淫しながらキラの敏感なしこりを指の腹でこすっていく。

「んぅ……だめです、あああっ、僕のそこ……へんだから……っ、だめ……」

解放してもらおうと腰を揺らしたが、ジャムシードには「もっと」とねだっているようにしか見えなかったようで、いっそう激しく愛撫されてしまう。

快楽にどろどろに溶かされたキラは、気づかないうちにジャムシードの口内に精を放ってしまったのだった。ジャムシードの喉仏が上下したことで、彼がそれを飲み下したことに気づく。

「わ、わ、僕なんてことを……く、口をゆすいでください……！」

「なぜ」

「なぜでもなんでもいいから！　ペッてしてください、ペッ」

キラはジャムシードの口に水差しを突っ込み、手巾《しゅきん》に吐かせた。

「なぜそんなに顔色を悪くしている」

「ぼ、ぼ、僕が出したものを、飲んじゃうなんて……信じられない、信じられない……どうしよう」

「そんな、かつてはいつも——」

キラはジャムシードの口を両手で塞いだ。自分が不機嫌な顔をしているのが分かる。聞きたくないのだ、自分の知らないアリーとジャムシードのことを。

「僕はあなたと初めて結ぶのです……昔の僕と……比較しないで……」

キラはジャムシードに背中を向けると、少しうつむいてうなじを見せた。

「ここも上書きしてください……あなたと番《つが》った思い出を僕にもください……」

かつて何度もなでて、死んだと思っていた番を想像した噛み跡。その瞬間を思い出せない今、彼に新たにもらうしかないのだ。

「……君が覚えていないことを掘り返すのは無粋だった。すまない」

ジャムシードは背後からキラの肩に手を置いて、うなじに音を立てて口づけをする。噛み跡である凹凸を舌でなぞると、小声で言った。

「痛むだろうが許してくれ」

グチ、と音を立てて彼の歯が肉に食い込む。

「っ……」

すでに番っているため身体的にはなんの意味もなさない愛咬《あいこう》だが、キラにとっては初めての痛み。そして初めての番の儀式だった。

歯に甘い毒でも仕込まれていたように、それが食い込んでいくにつれキラの身体が喜びで震える。

「あ……ああ……」

長い腕が身体に巻きついて、強く抱きしめられると、性器や性感帯に触れられていないのに達してしまいそうになる。ゆっくりと歯が離れていくのが惜しくて、せつなくなってしまうほどだった。

「血がにじんでいる……手当てを」

「いえ、このままで……どうか僕をあなたのものにしてください……」

身体に回された腕に、キラが手を重ねて甘える。

「キラ……！」

ジャムシードがキラを背後から抱いたまま膝に乗せ、自身の雄を双丘のあわいにこすりつける。その感触は肉というより、熱した鉄のようで、驚きとは裏腹に後孔はじわりと濡れる。

「苦しくなったら言ってくれ……長旅で疲労している君に無理をさせたくない」

「大丈夫です……腹の奥がずっとせつなくて……あなたが来てくれるのを待っているんです……」

キラを背後から抱きかかえた体勢で、ジャムシードの先端が後孔に入っていく。

クチュ、と水音が立つのはキラの蜜のせいだが、その恥ずかしさも吹き飛んでしまうような質量に、キラは口をはくはくと開閉する。

「大丈夫か」

「……っ、はい……、指と違って……太くて熱いので驚いてるだけで……」

その瞬間、先端だけが秘部に埋まったジャムシードの陰茎がビクンと揺れた。

「あ……あまり煽《あお》らないでくれ……抑制薬で抑えられるのはアルファの本能だけで、男としての劣情は爆発寸前なんだ……」

キラの肩口にジャムシードが顔を押しつけて「ふー」と息を吐いている。自分は煽るようなことを言ってしまったのだろうか、と疑問に思うが、すぐにジャムシードの腰が押し進められたので、余計なことを考えられなくなる。

少し沈めては、ずるりと抜かれ、先端が出るか出ないかのところで、より深く沈められていく。ゆっくりと採掘されているような感覚に、キラは背中をゾクゾクと震わせた。痛くはないか、苦しくないか、と気遣われながらの挿入は、身体だけでなく感情をも満たしていく。

（愛されるって、気持ちいいんだ……）

ジャムシードにも気持ちよくなってもらいたい、とキラは懸命に腰を前後に揺らした。

ジャムシードの垂直の動きに対して、水平に揺れたキラの腰は、ジャムシードの雄をよりいっそう興奮させる。

「ああ……すごいな……」

「ジャムシード……き、気持ちいいですか……？」

キラが振り向いてうかがうと、唇を塞がれる。口内で舌がくちゅくちゅと蠢《うごめ》いて、より劣情を誘う。

「とてもいい、幸せが過ぎてこのまま死んでしまいそうだ」

ぽたりと頬に滴が落ちてきたせいで、自分も泣きたくなる。

孤独に自分を探し続けてくれた彼の五年を思うと、胸の締めつけが収まらない。

ジャムシードの心に平穏が訪れるなら、二度と離れないように二人の脚を鎖でつないでくれたらいいのに。

「僕も……気持ちいいです、ぅんっ……」

キラの身体を自分の体内に取り込むかのように強く抱き込んだジャムシードは、律動を激しくしていく。彼の先端にある張り出した凹凸が、肉壁に埋もれた敏感な膨らみを押し潰《つぶ》すたびに、キラの陰茎からは透明な体液がじわじわと溢れ出した。

「あーっ、あああーっ、し、寝台を……ッ、汚し……ちゃっ……」

体液と一緒に涙もこぼすキラが、貫かれながらもいやいやと首を振る。が、ジャムシードは止まらない。

「取り替えればいい……私より寝台を気にするなんてひどい妃だ……」

キラが謝ろうと顔だけ振り向くと、食《は》むような口づけを受ける。くちゅくちゅと頭蓋《ずがい》に響くなか、うっすら目を開けると黒曜石のような瞳がこちらを見ていた。

その視線だけで、びくん、と腹の中が収縮する。

ジャムシードは苦しげに呻いて、キラをうつ伏せに倒し再び貫いた。太ももがジャムシードのすねに押さえつけられているせいで、囚《とら》われている感覚にすら陥って、愛とも執着とも取れる交接に身体を委《ゆだ》ねた。

(そのまま離さないで)

そんな願いを込めて横目で視線を送ると、笑みが返ってくる。

快楽と喜びがない交ぜになって、キラを満たしていった。

「あああっ……ジャムシード……っ、ぅ……ん……っ」

「キラ……キラ……君を思わない日はなかった……愛してる、愛しているよ」

身体がくるりと仰向けにされ、脚をジャムシードの肩に乗せられる。向かい合う形で突き上げられると、彼の怒張がさらに奥へと届いた。

「っひ、あああっ、あああーっ」

動きに合わせてふるふると上下していたキラの陰茎も、ジャムシードに握られ、先端を手の平でこすられるたびに間欠泉のごとく潮を噴いた。

番の放つ情念の渦と、押し寄せる快楽に、キラは恍惚《こうこつ》と溺《おぼ》れた。挿入されている怒張を溶かして、取り込んでしまいたいという思いさえ生まれる。

肉のぶつかり合う音と水音と、二人の荒い吐息が、ランプの炎を揺らす。

ジャムシードに打ちつけられる速度が上がるにつれ、キラは目の奥がチカチカと点滅した。船旅の夜に彼の手で与えられた射精よりも、彼の口で迎えた先ほどの絶頂よりも――。

「あああっ、き、来ちゃう、ひっ……あっ、あ、あ、あーッ」

まぶたの裏に見えた気がした。

絶頂の向こうにある、光だけの世界が。

ジャムシードも「く……」と小さく呻いて、抉《えぐ》るように剛直を強く深く押しつけた。しとどに濡れた蕾の入り口がぐっと広がり、栓でもされた感覚になったかと思うと、中にどくどくと熱いものが注がれている。

「ああ……っ、な、なか……っ」

「この知識も……忘れているだろうがアルファはこれが長い。尽きるまで抜くことができない……苦しいだろうがすべて飲んでくれ……」

「は、はい……、すごく……熱くて……っ」

こくこくと懸命にうなずくキラに、ジャムシードが泣きそうな顔で笑った。

「思い出さなくていい、覚えてくれ。これが私の熱だ」

〈7〉アリーと騎士を結ぶ青

ジャムシードがアリーと出会ったのは、十八歳のときだった。

「スハイル！　スハイルはいるか！」

ジャムシードは、臣下である貴族宅に乗り込んだ。大理石の廊下を早歩きで通り過ぎ、はつらつとした青年の声で悪友の名を呼んだ。

「どうしたんだいジャムシード、一人でやってくるなんて近衛兵が泣いちゃうよ」

同い年であり、この家の長男であるスハイルが奥から姿を現した。

「聞いてくれ、騎士団の入団審査に通ったんだ！」

ジャムシードは合格通知の書簡を悪友に見せびらかした。されたほうは大口を開けて驚《きょう》愕《がく》の声を上げる。

「騎士団！　冗談でしょ、どうして君が」

「審査を受けたんだ」

「それは見たら分かるよ、どうして本来騎士団に守られるべき第一王子がそこに志願するのって聞きたいの、僕は！」

国王である父と、取り引きをしたのだ。

才も腕も容姿も兼ね備えたジャムシードは、次代の王として多大な期待を寄せられたが、当の本人は玉座にまったく関心を持っていなかった。むしろ、幼いころから抱いていた騎士への憧《あこが》れを膨らませていた。王位は弟妹の中で優秀な者が父の後を継げばよいと思っていたのだが、それを父が許さず、継ぐ継がないの争いが二年も続いていたのだった。

しびれを切らした父王が提案したのが、期間限定での騎士団入りだった。立太子と引き換えに騎士として五年の自由を与える――と。

「ただし、騎士団に合格できれば、の話だが」

父王からの書簡は嫌みがよく利いていた。

ジャムシードは受け入れた。玉座にはこだわっていないが、どちらにせよこの血筋に生まれては政務から逃れることはできない。ならば、王族であるがために挑戦すらできないと思っていた、騎士になる夢を叶《かな》えたい、と。

「騎士団長以外には私の素性を誰も知らせないつもりだ。五日後から屯所で訓練、半年後にはサルバード高原の警備任務に就く。どうだ羨《うらや》ましいだろう」

「全然羨ましくないけど、頑張っておいでよ。ジャムシードは強いからきっといい騎士になるね。しばらく会えなくなるんだろう？　お茶していきなよ、今バラがすごくきれいに咲いているんだ」

バラでは腹は膨れない、などと思いながらもジャムシードはスハイルについていく。案内された先で、その考えを改めることとなるのだが。

多種多様なバラが庭園には咲き乱れていた。家主たちが休憩する東屋《あずまや》に近いほど花の色が薄く、奥に行くほど濃い花が配置されていて、その濃淡も圧巻だった。初夏の風が花びらを吹き上げるさまは、天上の風景でも眺めているようだ。

「これは見事だ」

「すごいだろう？　下働きで入った子どもがとても手入れが上手で、あっという間にきれいにしてくれたんだ」

「これを子どもがすべて世話しているのか？」

あそこにいるよ、と指さした先にもぞもぞと動く薄茶の毛玉が見えた。しゃがみ込んで土をいじっている子どもの頭だった。

「おーい、アリー！　お菓子食べないか！」

スハイルは貴族でありながら誰とでも公平に接するので、王族であるジャムシードにも必要以上に媚《こ》びへつらうことはないし、使用人に茶菓子を勧める場面も珍しくはなかった。

黄色のつるバラの間から、ひょっこりと顔を出したのがアリーと呼ばれた少年だった。

顔は土で汚れているが、色素の薄いガラス玉のような目が印象的だった。スハイルが呼び寄せるとおとなしくやってくるが、ぺこりと頭を下げてそれ以上しゃべらない。じっとジャムシードを見て立ち尽くしている。

「ああ、会うのは初めてだね。僕の友だちのジャムシードだよ、今度から騎士団に入るんだって」

スハイルは手招きして、まるで弟の面倒を見るようにアリーの顔や手をおしぼりで拭《ふ》いてやる。そのままその子の手に、焼き菓子を三つほど置いてやった。

「お食べ、甘くておいしいから」

アリーは礼を言うやいなや、その焼き菓子を三つまとめて口の中に詰め込んだ。

「おいしいれふ」

もぐもぐと咀嚼《そしゃく》する頬が、ドングリを蓄えるリスのように膨らんでいる。

「はは、小動物のようだな！　君、年はいくつだ？」

ジャムシードが尋ねると、アリーはスハイルの顔色をうかがった。答えていいのか分からないようだが、その仕草になぜかジャムシードはイラついてしまう。

「私の質問に答えられないのか？」

大人げなく威圧的な口調になってしまい、アリーを怯《おび》えさせた。スハイルがジャムシードに説明する。

「父上に『学がないものが自分に話しかけるな』と平手打ちされたことがあるんだ。言いがかりだよな、鬱憤《うっぷん》晴らしの口実だよ。それで口数が少なくなっちゃったんだ、かわいそうに」

短絡的な自分を殴りたくなった。ジャムシードが「すまない」と素直に頭を下げるので、アリーは大きな目をさらに見開いた。自分に頭を下げる人間を初めて見たようだった。

「ぼ、僕は、じゅ、十三です。ジャズシードさま。お答えが遅れてすみません」

「ははははっアリー、ジャムシードだよ、ジャムシード」

「し、失礼しました……！」

スハイルの指摘にアリーは顔を真っ赤にして、何度も頭を下げた。

「いいんだ、そういえばジャズシードだったかもしれない」

お行き、とスハイルに促されるとアリーは庭の作業に戻っていった。

スハイルが茶のおかわりをすすめる。

「かわいいだろう」

「そうだな、私の弟妹に比べると十三にしては小柄な気もするが……」

「やっぱり分かる？」

そこで聞いたアリーの生い立ちは、壮絶なものだった。

七歳になる前に両親が流行病《はやりやまい》で他界し、この屋敷で雇われる昨年までは、奉公先で育ち盛りとは思えないわずかな食事しか与えられていなかったという。見かねたその家の女中が、親戚《しんせき》に頼んで裕福な奉公先を探していたところ、使用人の急病で人手不足だったスハイルの実家がもらい受けることになったのだ。

「僕たちは恵まれているから日頃気づかないが、我が国にはまだアリーのような子どもがたくさんいる。そういう不幸が起きない国を、作っていくべきだと思わないか？　ジャムシード」

スハイル一流の説諭だった。

騎士の夢を叶えることに反対はしないが、己の果たすべき責任は忘れるな、と言いたいのだ。だからこそジャムシードはスハイルを信頼していた。自分が政務に携わるようになれば、よき相棒となってくれるはずだ。

ジャムシードは「そうだな」とうなずきながら、懐の小袋の存在を思い出し再びアリーを呼び寄せた。

「先ほど怯えさせたお詫びにこれをあげよう。ご覧」

自分の手の平に小袋からコロコロと十粒ほどの宝石を落とす。

「うわあ」

アリーは驚いて声を裏返す。

「交易が始まる記念に外国の商人からもらったものだ、その国では石にはそれぞれ贈り主の思いが込められるらしい。君にあげよう」

目を輝かせたアリーだが、「僕は使用人です、こんなにたくさんいただけません」と後ずさりする。ならば好きなもの一つを選びなさい、と促すと、表情を明るくしてウンウンと唸《うな》っていた。

ルビー、琥珀《こはく》、ピンクダイヤ……それぞれに指を伸ばしながらチラチラとジャムシードの顔色をうかがう。これまでひどい扱いを受け続けたせいで、大人の顔色をうかがうようになってしまったのだろう。

「選びきれないか？　ならば私が選んであげようか」

うなずいたアリーに、ジャムシードは真っ青な石をつまんで手渡した。

「ではこのラピスラズリにしよう。小さな鉱物も混ざって夜空の星のようだろう？　幸運を呼ぶ石だと言われるが、正確には『試練を乗り越えた先に幸せが待っている』という石だ。神はその人が乗り越えられない試練は与えない。君はこれまで苦しかっただろうが乗り越えた。これからも自分の手でしっかり幸せをつかむんだよ」

「ラピスラズリ……夜空の星……幸せの石」

横でスハイルが半ば本心から「いいなあ」と眺めている。アリーはもらっていいのかをスハイルに確認して、嬉しそうに懐にしまい込んだ。

「君の幸せを祈るよ、アリー」

「ありがとうございます……ジャムシードさま」

へへ、と笑ってバラ園の奥へと逃げるように駆けていく。しばらく駆けて立ち止まると、こちらを振り返って「大切にします」とぶんぶん手を振り、また土いじりを始めた。ジャムシードの胸にも、天空の青が広がった気がした。

バラの香りを楽しみながらスハイルと茶をする。土を掘り返しているアリーの頭髪に、白い蝶《ちょう》が二匹戯れていた。

騎士団入団後もジャムシードは、たびたびスハイルのもとを尋ねてはバラ園で茶をするようになった。

アリーがいるときには必ず声をかけるが、反応が愛らしくてついからかったり意地悪をしたりしたくなる。

今日もジャムシードは十七になったアリーの誕生日を祝うつもりだったのに、いらぬちょっかいをかけてしまう。

「アリー、今日は友だちの芋虫と一緒じゃないのか」

周囲に誰も居ないと思っていたアリーが芋虫に話しかけていた先月のことをからかってしまう。

「い、い、一緒じゃありません！」

「唯一の友だちじゃないか、どうしたんだ」

「ぼぼぼぼ僕にだって友だちは何人かいます！　何なんですかジャムシードさま、あっちいってください！　使用人に声かけるなんてあなたくらいですよ、こんな土いじりの現場になんか来ないで、貴族らしく高飛車に茶でもすすっててください！」

言葉少なだった幼いころとはうってかわって、よくしゃべり、よく怒るようになった。スハイルからも「湯沸かしアリー」と呼ばれている。

「友だち、の部分は否定しないんだな」

ぐ、と言葉に詰まったアリーは、頰を染めてもぞもぞと答えた。

「たぶん……もう羽化してしまいましたけど、あの子も友だちだったと思うので……嘘はつけません」

「君らしいな」

ハハハと高笑いをして、顔を真っ赤にしたアリーをさらにからかう。それをスハイルがなだめる、というのがいつもの光景になりつつあった。

幼いころは口数が少なかったアリーを、良くも悪くもこうしたのはジャムシードだった。少しでもしゃべらせようとからかい続けた結果、声は聞けるものの、アリーの自分に対する好感度は地に落ちた。

アリーはその姿も驚くほど変わった。

小柄で痩せっぽちだったが、齢《とし》を重ねるにつれ背も伸びてしっかりと肉付き、筋肉質ではないものの凜とした青年になった。誰もが目を見張るような美貌を携えて。短かった淡い猫っ毛は、肩下あたりで切りそろえられ、風に吹かれるとふんわりと舞った。

ジャムシードはスハイルと茶を飲みながら、バラに水やりをしているアリーを眺めた。

「いやあ参るよ。色んな人がアリーと会いたがるんだ、男女問わず」

「そうだろう、あれだけ美しければな」

「自分の使用人にしたいと持ちかけてくる貴族もいてさ、父上が大激怒さ」

スハイルの父は、最初こそ非道な扱いをしたが、アリーが美しく育ったおかげで手の平を返したようにかわいがるようになった。

「アリーがオメガなら僕の妻にしたのにって、しょっちゅう言ってるよ」

それを聞いたジャムシードは、ひやりとした。

なぜならもう数年前から、彼がオメガだったらアルファである自分と番になれるのに、と懸想していたからだった。

だからこそアリーにはこれ以上美しくなってほしくなかった。彼の良さを容姿でしかはかれない余計な虫が増えてしまう。

「小さいころから知ってるのに、そんな気になるわけないでしょうよ。アリーがベータでよかったよ」

後ろめたいジャムシードは「そうだな」と言いながら、チャイの入った茶器をひっくり返してしまった。

「スハイルさま、ジャムシードさま、新しいバラがようやく咲きましたのでご覧になりませんか」

アリーが二人のもとに戻ってきて、そう声をかける。新しいバラとは、アリーが何年もかけて開発した、色の珍しい新種だという。

「そうかあ、ついに咲いたかあ！　頑張ったかいがあったね。ぜひ見せて」

一緒に喜ぶスハイルに、アリーがにっこりと笑顔で返事をする。兄弟のような間柄だと分かっていながら悋気《りんき》してしまう自分に、ジャムシードは言い聞かせた。

（そもそも、叶わぬ恋だというのに）

案内されたバラ園を見て、ジャムシードはぽかんと口を開けた。

濃い青紫のバラが一面に広がっているのだ。つんと尖《とが》った花弁が幾重にも重なる、大ぶりのバラだった。

「なんと美しい……バラに青はないと聞いていたが」

「色んな品種と掛け合わせました。本当は真っ青にしたかったのですが、おそらく自然の色ではこれが限界でしょう、切り花に染料を吸い上げさせればさらに青くなるかもしれませんが、バラがかわいそうですから」

アリーははさみでバラを二本切ると、簡単にトゲを落としてスハイルとジャムシードに

差し出した。

「なぜ真っ青にしたかったんだ?」

何気なく尋ねたのだが、アリーは「知りません」とバラ園の奥へと駆けていく。

気に障ることでも言ったのだろうかと首をかしげると、後ろからスハイルが耳打ちしてくれた。

「小さいころ誰かさんにもらったラピスラズリの色にしたかったんだって」

強い風が吹いて、青紫のバラの花びらが数枚巻き上げられた。

(愛しい)

思いが溢れて、足下に湖でも作ってしまいそうだった。

アリーは、青バラの間をかき分けて軽やかに逃げていく。ジャムシードは思わず追いかけていた。

(彼が男だろうがベータだろうが、何を迷うことがあろうか。いっそこのまま——)

アリーの手首をつかむと、驚いた顔で振り向かれた。

「あっ」

「痛かったか、すまない……」

「いえ……あの、思ったより大きな手でびっくりしただけです」

頬を染めてうつむくアリーに、何か気の利いたことを言いたかった。が、口にしたのは、なんてことはないただの質問だった。

「バラの名は決まった、のか」

面食らったような顔でアリーが教えてくれた。

「〝真夜中の青〟としました」

「真夜中の青、いい名だ」

「きれいな青が出せなかったので、言い訳がましいのですけど」

「いや」

ジャムシードは、先ほどもらった一輪の〝真夜中の青〟に唇を寄せた。本当は目の前にいる彼にそうしたいのだが。

「私にとっては、今日からこの色が青だ」

蕾が一気にほころぶような笑顔を、アリーは見せてくれた。この笑顔が近くで見られるだけでも幸せではないか、と自分に言い聞かせつつ、微笑み返した。


アリーが倒れたという連絡をもらったのは、その十日後だった。夕暮れに届いたスハイルの手紙には「見舞いには来ないでくれ」と書かれていた。記されたその理由に、ジャムシードは凍りつく。

「発情期」

ベータではなかったのか。

第二の性の判別はほとんどが思春期で判明する。アルファはオメガの媚香に反応するようになり、オメガは発情期を迎えてそれが分かる。ただし、思春期を迎えても発情せず、ベータだと誤認されたまま成長するオメガがまれにいる、と聞いたことはあった。アリーの場合、成長期の栄養失調が発情の遅れの原因なのだろう。

ジャムシードは耐えきれず、騎士団の屯所から馬を走らせた。スハイルの父親が、アリーがオメガだったらスハイルの妻にすると息巻いていたのを覚えていたからだ。

心臓が不気味な音を立てて跳ねる。アリーが自分と番になれるオメガだった喜びより、オメガであるが故に他の者に奪われてしまう恐怖が勝っていた。

(ああ、アリー、他の誰かのものにならないでくれ)

スハイルの邸宅に到着したが、親友は家には入れてくれなかった。

「頼む、彼に会わせてくれ」

「いくらジャムシードの頼みでもできない。今アルファがそばに行ったら大変なことになるんだよ」

「スハイルだってアルファじゃないか」

「そうだよ、だからアリーは別棟に隔離してる。発情期が終わればまた会えるから」

後ろから体格のいい中年がのそりと姿を現した。工部省大臣であり、スハイルの父親だった。

「これはジャムシード殿下、アリーにお気遣いありがとうございます。めでたく発情しましたので、スハイルと番わせようかと思っております」

「父上、こんなときに冗談はやめてください！」

「冗談ではない。案ずるな、番うとはいえ側室だ。きちんとお前には身分のある正室も用意してやる。発情したオメガは抱き心地がよいから深みにはまらぬようにな……」

品のない笑みを浮かべて、工部省大臣が自室に戻っていった。スハイルはぎゅっと拳に力を込めた。

「ああいうところが最低なんだよ、父は……僕はアリーを弟のようにかわいがってきたのに……」

本意でないとはいえスハイルの性格上、父親に逆らうという選択肢はなかった。

ならば――。

「スハイル！　おめでとう、ついに身を固めるのだな」

ジャムシードは声を張り上げ、スハイルを突然抱擁した。困惑するスハイルに小声で耳打ちする。

「どの棟にいる、私が連れ出す」

「でも」

「私は本気だ、アリーを幸せにすると約束する」

スハイルはこくりとうなずいて「ありがとう友よ！」と下手な演技で抱き返す。とんだ大根役者だが指導する暇はない。

「青バラ園の奥にある女中の居住棟だ。アリーの気持ちをきちんと確認してくれ、もう察しているのだろうけど」

「ああ〝真夜中の青〟だろう？」

あれ以上の告白があるだろうか。

では騎士団の屯所に帰ろう、などと大声を張り上げてジャムシードは邸宅を出る。そのまま馬を置いて、身ひとつで柵《さく》を乗り越え青バラ園を突っ切った。蜜を混ぜたようなバラの香りに、すでに酔っている気がした。

これまでいくつもの縁談を断ってきた。十八で成人すると、曾祖父が創設したオメガ専用の後宮に通うようにも命じられた。身を固め、世継ぎをつくらなければ国民が不安になると散々説教されてきたが、ジャムシードにはそれができなかった。

アリーの存在が自分にとって日に日に大きくなっていたからだ。しかしベータの彼を娶《めと》ることは法的には不可能な上に、彼が素敵な女性と結婚して家族を持つ権利だってあるだろう、と気持ちに蓋《ふた》をしてきた。

しかしアリーがオメガだと判明した今、湧《わ》き上がる恋情を抑えつける理由は一つもない。

石造りの女中専用居住棟を見上げると、数部屋だけ小窓から明かりが漏れていた。どこからか、甘く背中をなで上げられるような香りがして、全身の毛穴から汗が噴き出す。アルファの本能を覚醒させる、発情したオメガの媚香だ。

このまま乗り込むと狼藉者になってしまうし、アリーのそばに行けばおそらく本能に駆られて襲ってしまう。

ジャムシードは賭けをした。肺いっぱいに空気を吸い込み、力の限り叫んだ。

「アリーーーーーーッ！」

窓という窓から、女中たちが驚いて顔を出す。明かりのついた二階の部屋の窓からよろよろと姿を現したのが、アリーだった。

「アリー、私だ！　ジャムシードだ！」

どうしてここに、という顔をしている間にも、足がふらつくのか窓枠に倒れかかる。

「近寄れないので、ここで言う。私は君と番になりたい！　もし君がいいと思うのなら出てきてくれ。私とここから逃げよう」

「ジャムシードさ……ま……？」

アリーは瞠目して、問いかけてくる。

「もう一度言う。私と結婚してくれ。もう何年もアリーが好きなんだ！　そして君は、私が好きなはずだ！」

嫌みや揶揄《やゆ》は得意なのに、なぜ人生の大勝負では気の利いた愛のせりふが囁《ささや》けないのだ、と自分を呪《のろ》いつつ、浮かぶ言葉をそのまま口にしていた。

しかし、アリーはそのまま窓から姿を消してしまった。

他の窓から顔を出す女中たちの、「残念だったわね」という憐憫《れんびん》の視線が痛い。

（だ、だめか……私の勘違いだったのか……）

うなだれようとした瞬間、アリーの部屋から白い布のようなものが垂らされる。切り裂いた敷布を、結んで長くしているようだ。アリーはよろめきながら、それを伝って窓から外に出ようとしている。

「あぶないっ」

半分ほど降りたところで、飛べると確信したのかアリーは手を離して落下した。

ジャムシードが駆けつけて抱き留めなければ大けがをしているところだ。

なんて無茶を、と諌《いさ》めようとしたが、腕の中に収まるアリーが真っ赤な顔で泣いていることに気づいて飲み込んだ。

「受け止めていただけると思っていました」

スハイルの父の命令で部屋は外から施錠されていたため、窓から脱出しなければならなかったのだという。

「あ、アリー……これは求婚への答えだと思っていいのかな」

オメガの香りにクラクラと目を回しながらも、スハイルとの約束通りジャムシードはアリーの意志を確かめる。

アリーは深くうなずいて、ジャムシードの首に手を回した。

「騎士様と使用人の僕が番になるなど、きっと周囲からは非難されるでしょう。けれど僕は、幼い僕の幸せを祈ってくれたあなたと、初恋のあなたと、一緒になりたい……」

「アリー……！」

互いの身体を潰れそうになるほど、強く抱き合った。

が、長い抱擁の時間はない。番犬の吠《ほ》える声が近づいてきている。おそらく警護の者たちも。

同時に「やあやあ警備ご苦労さま、ちょっと用事をお願いしたいんだけどさ」というスハイルの声がする。彼らを引き留めてくれているのだ。

「行こう！」

ジャムシードはアリーの手を引いて、青バラ園を突っ切った。

園の中央でアリーの脚がもつれはじめたので、横抱きにして馬を待たせている正門までたどり着いた。

まださほど走っていないのに、互いの息が上がっているのは発情したオメガの媚香と、それに反応した自分のせいだ。アリーを馬に乗せ、自分の所有する別宅に駆け出すと、彼はたまらずジャムシードにしがみついて独り言つ。

「どうしよう、絶望と幸福が続けてやってきた……」

オメガだと判明してまもなく、スハイルの父に「息子と番わなければ自分の妾《めかけ》にする」と選択を迫られ、閉じ込められていたのだという。そのときに浮かんだのがジャムシードの顔だった、ともアリーは打ち明けた。

「絶対に君を離さない、私を信じてくれ」


別宅に到着すると、ジャムシードは発情で意識がもうろうとしているアリーを寝室に連れ込んだ。

「すまない、余裕がない」

ジャムシードはキラを寝台に転がすと、気が急《せ》くように騎士団の団服を脱いでいく。

「ぼ、僕もです……はやく……番にして……くださ――んんっ」

言い終える前にアリーの口を塞ぐ。アリーもジャムシードの背中に手を這《は》わせて、その筋肉の彫りをなぞる。ときに爪《つめ》を立てて、ジャムシードを欲しがった。

めまいがするほどの激しいまぐわいが始まる。

ジャムシードはアリーの長い髪をかき分けて、そのうなじに歯を立てた。

「あーッ、あ、あ、あ……」

アリーの背が弓のように反り、痙攣《けいれん》が始まる。同時にジャムシードの陰茎を飲み込んでいたオメガの生殖器も震え、ジャムシードの子種を搾り取ろうとする。

「あ……あ……ジャムシード、さま……」

アリーの目の焦点は合っていなかった。異変かと思って不安になったが、数分で自我を取り戻す。後にアリーはこのときの状況を「身体が一度バラバラになって、組み変わったような感覚」と表現していた。

番になっても互いの熱は冷めず、空が白むまでむさぼり合う。

アリーは何度も果てた後、ぷつんと糸が切れたように意識を手放してしまっていた。ジャムシードはそれに気づかず、本能のままに彼を揺さぶってしまい、贖罪《しょくざい》とでも言わんばかりに、自らアリーの身体を清拭《せいしき》したのだった。


目覚めると、視界に柔らかな猫っ毛が飛び込んでくる。

「お目覚めですか、ジャムシードさま」

「ああ」

朝の日差しに縁取られるアリーの姿に目を細め、手を伸ばした。

「ジャムシード、だ。私たちはもう番なのだから」

「そんな、ずっとこうだったので急には……」

「練習すればいい、言ってごらん」

アリーは寝台に突っ伏したまま、もごもごと練習するが聞き取れない。

「なんだ？　ジャズシード？」

「もう！　もう何年前の話ですか！　やっぱり呼び捨てなんて無理です！」

からかうと顔を真っ赤にした。番になっても、いつものアリーだ。枕《まくら》をばふっと押しつけてくる愛しの番を、ジャムシードは抱き込んだ。

「……指輪を贈らねばな」

女性やオメガが身につける宝石は、夫が贈る習わしだ。アリーは「あ」と声を出して、ごそごそと小袋を漁《あさ》る。女中棟から脱出する際に持っていた唯一の荷物だ。

「これを加工してくださいませんか」

差し出したアリーの手には、濃い青の裸石がころりと転がっていた。四年前、十三歳にしては小さかったアリーの手に、自分がひょいと選んで載せた、あの天空の青。

「ラピスラズリか」

「生まれて初めていただいた贈り物ですから」

昨夜《ゆうべ》の情交の跡を残したまま満ち足りた笑みを浮かべるアリーを、一生かけて愛そうと胸に誓ったのだった。

そんな二人の会話を見計らって、侍女たちが入室する。

「おはようございます、お召し替えをさせていただきます」

頼む、と短く答えるジャムシードを、アリーが不安げに見上げる。これまで使用人だった自分はどうすればいいか分からないのだ。

「彼の支度も。私の番だ」

「そうでございますか、では――ん？」

驚かせないようにと簡単に紹介したせいで、侍女たちは流れるように受け流したが、はたと気づく。

「番……でございますか？」

「ああ、番だ」

ジャムシードは満面の笑みで用意されたサルワール・カミーズに袖を通すが、アリーはなぜか申し訳なさそうにうつむく。

「や、やはり騎士様と使用人では身分が違いすぎ――」

「殿下！　一体どういうことでございますか」

侍女の知らせで駆け込んできたのは、この別宅の管理を任せている老従者だった。

「どういうこととはなんだ、そういうことだよ」

不思議そうに首をかしげるジャムシードに、老従者がうろたえる。

「殿下、このことは国王様には……」

「言うわけないだろう、昨夜番になったばかりだぞ。蜜月を邪魔されてはたまらない」

その会話をきょとんとした顔で聞いていたアリーが、殿下、国王、と復唱しながら眺めている。それに気づいたジャムシードが、ハハハと笑いながら説明をする。

「父親が国王なんだ」

アリーが羽織っていたガウンが、肩からずり落ちる。

「お、王子様……なのですか」

老従者がせき払いする。

「正確には第一王子です、騎士団の任期を終える来年には王太子となられます」

「おうたいし……」

「なに、今は騎士だよ、気にしないでくれ」

アリーは「気にしないでくれ?」と首をかしげると、数秒の沈黙後、ジャムシードに飛びかかった。

「気にしないでくれ?　気にしないでくれ?」

ジャムシードの胸ぐらをつかんでアリーは詰め寄った。

「想定の数千倍の身分違いに心臓が止まりそうですよ、知ってますか、番って取り消しできないんですよ！　なんでそんな大事なことを最初に言わないんですか、ボンボンですか、あなたは世間知らずのボンボンですか！」

取り乱しながら詰め寄ってくるアリーに、ジャムシードは首をかしげる。

「だって立場を知ったら番になってくれなかっただろう？」

「なれるわけないでしょう、あなたが騎士でもとても勇気が必要だったのに！」

「ホラ」

何がホラだ、と怒り狂うアリーを、老従者と侍女たちがぽかんと見つめている。

「はは、番になっても湯沸かしアリーだ」

立場を知られても変わらないそのやりとりに、ジャムシードは幸せを嚙みしめるのだった。

ジャムシードが、ジャーヴェードという名を与えられて立太子すると、アリーは自らオメガ専用の後宮に入った。

スハイルのはからいで新種の青バラ〝真夜中の青〟は、アリーの住む後宮に植え替えられ、門外不出となった。ジャムシードは周囲を説き伏せ、一年後にアリーを正妃にする。

しかし、アリーを正妃にするのは時期尚早だったと、ジャムシードは長く後悔することになる。後宮のオメガたちが、身重のアリーを殺害する計画を立てるなど思ってもいなかった。

後宮内で彼が孤立していることを知らなかったし、アリーからもそんな話は一度も聞いたことがなかった。すべて自分の至らなさでアリーを失ってしまったのだと、しばらくは水も喉を通らなかった。

必死に捜索している合間にも、王族や貴族たちが説得にやってくる。「不運だった、諦めろ、次の妃を」と。

貴族の中には、ゆかりのある者を無理にでもジャムシードのお手つきにしようと、発情したオメガを寝所に忍び込ませる者まで現れた。

それは未遂に終わり、関係者を処罰したが、今後も同様の手段が使われかねないと、アルファの本能を抑え続ける薬を特注することにした。

宮殿の薬師は、ジャムシードの要請にいい顔をしなかった。

「ずっと本能を抑え続けるとなると、かなり強い成分になります。副作用もあるのでおすすめできません」

どんな副作用か尋ねると、悪夢にうなされて無意識に自傷する者が多いとのこと。

ジャムシードは自嘲《じちょう》した。

「今よりひどい悪夢などあるものか」

(うなされて自傷する程度なら安いものだ、私の番は一人だけだ)

そして、王太子殿へのオメガの出入りを禁じ、「禁を破って近づいたオメガは処刑する」とも周知した。

アリーの捜索に口を出されないように、政務の手を抜くことはしなかった。むしろ、アリーがいたとき以上に励むようになったのだった。

彼が消えた日に湯殿で発見された、ラピスラズリの指輪を首に提げて。

【8】初夏の風に青バラは舞う

今年も青紫のバラ〝真夜中の青〟が咲き乱れる季節がやってきた。

王太子殿には三つの庭園があり、ジャムシードが市場から買い占めた青バラは最も日当たりのいい第三庭園で育てられていた。

庭園中央にある大理石の噴水で、愛犬ジャミルと戯れているのはミール。それをジャムシードとキラは広げた絨毯にくつろいで眺めていた。

「そろそろ政務にお戻りになる時間では」

キラが茶台で花茶のおかわりを注ぎながら尋ねると、ジャムシードは目を細めて「うーん」と肯定とも否定とも分からぬ返事をした。

キラがアーフタープ王国に戻って一年と少しが過ぎた。

キラは表向きには「病状が回復した正妃アリー」となった。ミールは、暗殺未遂が起きたことを理由に出生を隠していた正妃の子、ジャーヴェード王太子の子として認められた。

もちろん国王はいきさつを知っているが、王弟の長男――つまり甥《おい》がアリー暗殺の陰謀に関わっていたこともあって事情はすんなりと受け入れられた。

王弟の長男は流刑に、王弟は責任を取って国王の補佐役を辞した。流刑に処される直前、長男は口の悪い女盗賊に襲撃され、本人と識別できなくなるほど顔を殴られたといううわさもまことしやかに流れたのだった。

キラは先月、ミールとともにチャーンド帝国のあの村に〝里帰り〟を果たした。

ジャムシードが円滑に里帰りできるよう国交に尽力したのだ。おかげで交易も活発になり、国境代わりのイグリス川には両国を行き来できる橋が増えた。

＊

「おじいちゃん！」

「おじじさまっ」

キラとミールは、村に到着するなり、靴を脱ぎ捨ててアバク老人の家へ駆け込んだ。

事前に文が届き到着を待ち構えていたアバクは、二人を抱きしめて、謝罪しながら再会を喜んだ。

その様子に度肝を抜かれたのが、この村を含む四十ほどの集落を治める郡主だった。

辺鄙《へんぴ》な村に隣国の王太子妃がなんの用だと思いながらも、国の命令で二人を案内したら、生き別れた家族のように村の老人と再会を喜び合っているのだから。

護衛として同行したヤスミーンとウマルが、村長を呼び出して土産《みやげ》物を渡す。

「いえ、我々はいただくようなことは何も……」

村ぐるみで下働きをさせていたオメガが、隣国の王族だったと知らされた村長は、その場で斬られることも覚悟していた。それなのに、大量の土産が村に運び込まれたのだから動揺を隠せない。

「どうぞ、村のみなさまでお分けください、女性ものが多いですよ」

ヤスミーンが、集まっている村人たちに土産物の入った木箱の開封を促す。女性たちが期待に頬を染めて集まってきた。

が、箱を開けて絶句する。

中身は、大量のサンダルだった。

「この村のみなさまは、履き物に大変お困りだとお聞きしましたので」

ヤスミーンは満面の笑みを浮かべた。もちろんこの土産を準備したのは、王太子だ。

＊

里帰りのことを思い出しながら、キラはヨーグルトを固めた菓子に青紫のシロップをかけた。庭園のバラを砂糖漬けにして色づけたものだ。バラの香りとほろ苦さが、甘い菓子によく合った。

　自分が殺害されかけた際に香っていたこのバラが、まだ少し苦手だったが、ジャムシードは思い入れがあるようで、買い占めたあとは門外不出とした。

「キラは、この庭が嫌いか？　ときどき顔をしかめているような気がする」

　ジャムシードはキラの顔をのぞき込んだ。

「いえ、嫌いというほどではないんですけど、悪い夢によく出るといいますか、嫌な思いをしたときの思い出の香りといいますか……」

「そうか、では次から別の庭で茶をしよう」

「いいんです、少し苦手なだけなので。ジャムシードはお好きなのでしょう、このバラ」

「……ああ、大切なバラだ」

　一面に広がる青紫のバラを眺めて目を細めた。その横顔を見ると、なぜだか寂しくなってしまう。自分の知らないジャムシードがいるようで。

「そろそろ戻らねばと思うんだが、まだ行きたくないなあ」

　ジャムシードはごろりと横になって、キラの服の裾《すそ》を引っ張る。それを目ざとく見つけたミールが駆け寄って、彼の腹にどすんとまたがった。先日乳歯の前歯が抜けたばかりの、少し間の抜けた笑顔がかわいらしい。

「父さま、見てて！」

ミールは口をもごもごすると、ゆっくり開いて唾液で風船のような膜を作ってみせた。

「こら、ミール！　なんてお行儀が悪い」

キラの叱責《しっせき》も気にせず、ミールはもう一度作ってみせる。

そうやって言うことを聞かなくなってきたことが、キラは内心嬉しかった。

村にいたころは母親を支えようと、必死に子どもらしい欲求や衝動を我慢していたからだ。年相応の反抗は、安心した生活が送れているという証左だ。先日などは、大理石の床に埋め込まれた宝石をナイフでほじくり返し、「おみやげ」と母に持参した。

ジャムシードが快活に笑った。

「上手だな、父にも教えてくれ」

「だめですよっ、ジャムシードは政務に戻ってください！」

ジャムシードはミールを腹に乗せて少しじゃれ合うと、嫌そうに身体を起こして政務に戻ろうとした。

「あ、そうだ」

立ち上がった彼をキラが呼び止めた。

「寂しくなった？」

「いえ違います」

からかってくるジャムシードに、キラは淡々と首を振ってからこう告げた。

「やや子ができましたので、取り急ぎご報告をと」

「そうかそうか、分か――ん？」

ジャムシードがキラを二度見する。

「やや子？」

「はい、やや子です」

キラはにっこりと微笑んで腹部に手を当てる。判明したのは今朝《けさ》のこと。発情期が遅れているので医師に診てもらったのだ。

「やや子か！」

ジャムシードが絨毯に膝をついて、キラの肩をつかむ。その弾みで茶台が倒れ〝真夜中の青〟のシロップの瓶が割れた。

「やや子か……そうか、そうか……！」

喜びすぎて挙動不審なジャムシードを見て、キラはこめかみがズキリと痛んだ。

割れた瓶からふわりと立ち上る、蜜とバラの香り。喜ぶ番。驚かせようとした目論見《もくろみ》が成功し、笑ってしまう自分――。

この光景を、いつか、どこかで、見た気がするのだ。

突然脳裏に浮かび上がったのは、まさに今と同じ場面だった。

懐妊を伝えて動揺した番――ジャムシードが、茶台をひっくり返してシロップの瓶を割ったではないか。名前はどうする、薄着するなどと、おたおたしていたではないか。

――ぱちり、と大きくまばたきをすると、別の場面が眼前に広がった。

後宮の庭園に水やりをしていると、サイードという名のオメガが近寄ってくる。

『使用人らしいね、道理で身のこなしに品がない』

申し訳ない、気をつけます、と頭を下げると、くすくすと嫌な笑い声が降ってくる。小さな白い羽を一枚渡された。

『そうそう君の大切にしていた小鳥、うっかり私の蛇が食べちゃったんだ。ごめんね、新しい鳥を大好きな王太子におねだりするといいよ』

その日、夜ひっそりと小鳥の墓を作った。

――ぱち、と再びまばたきをする。

番となった翌朝、自分に胸ぐらをつかまれて、なぜか喜んでいるジャムシードの顔があった。

『番になっても湯沸かしアリーだ』

ぱちぱちとまばたきするたびに、色のついた場面がまぶたの裏に現れる。まるで時間を遡《さかのぼ》るように。

後宮のオメガたちに襲われ、知らない男たちに引き渡されたあと、必死に逃れて川に飛び込んだこと。

若いジャムシードが『私は君と番になりたい！　私と逃げよう』と叫ぶ様子を、女中棟の窓から見下ろした夜のこと。

あの色に近づけたくて、いくつものバラを掛け合わせ、ようやく咲いた青バラのこと。

バラ園でからかってくるジャムシードが、日々凛々《りり》しい騎士になっていく様子。

小さな手の平にころんと転がった、あの色の石——星空のようなラピスラズリ。そして贈り主の優しい声。

『試練を乗り越えた先に幸せが待っている、という石だ。神はその人が乗り越えられない試練は与えない——君の幸せを祈るよ、アリー』


今自分は何を見せられているのだろうか。

呆然《ぼうぜん》としているキラに、初夏の爽《さわ》やかな風が吹きつける。誰かに優しくなでられているようだった。

（頑張ったね、キラ）

遠くに響いているようにも、耳元で囁かれているようにも聞こえるその声は、まぎれもなく自分の声だった。

いや、アリーの声だ。

キラが「恵まれていた過去の自分」と妬みさえ覚えていたアリーだった。

恥ずかしかった。すべて己のことだったというのに。

戻ってきた記憶の数々にキラは思いをはせ、こう答えた。

(アリーこそ、つらかったね)

風がふわりと自分を抱きしめてくれた気がした。

——僕たち、幸せになろう。

ずしりと身体の軸が重くなる。

大地に根を張った草のように、どんな風が吹いても、きっともう倒れない。


「大丈夫か、キラ!」

キラはしばらく放心していたようで、ジャムシードの呼びかけに、はっと我に返る。

そこには懐かしい顔があった。先ほどまで見ていたはずなのに、とても懐かしく愛しい番——。

「なぜ泣いている、どこか痛いのか」

「母さま」

父子がキラに寄り添い、顔をのぞき込む。指摘されて初めて、自分がぼたぼたと涙をこぼしていることに気づいた。

「ジャムシードさま……」

普段はつけない敬称に、王太子が訝《いぶか》しむ。

キラは小指についたラピスラズリの指輪を見て、泣き笑いしてしまった。「中古で申し訳ない」などと言って渡されたそれは、前の使用者も自分だったのだから。

キラは指輪を頬に寄せ、震える声でこう言った。

「神様は……僕たちに試練を与えすぎじゃないですか……？」

その言葉に、ジャムシードが硬直する。

肩に置かれた彼の手が、かたかたと震えていた。

気づいてくれたのだ。今の自分が、自分たちが〝誰〟なのかを――。

何を言っていいのか分からないようで、しばらく唇を震わせて見つめるだけだったが、ジャムシードが突然、表情をくしゃくしゃにして笑った。

「……おかえり」

キラは、そしてアリーは、ジャムシードに抱きつく。

肩越しに広がるのは、ジャムシードが「大切なバラだ」と愛しそうに見つめた〝真夜中の青〟。ジャムシードにもらったラピスラズリを想って自分が改良した、青紫のバラだ。

（ああ、あなたは、あなたという人は）

未来の王太子と知らせずに番になったこともそう、失踪した自分と再会したときに騎士を名乗ったこともそう、そして記憶の戻らないキラを混乱させまいと、青バラが大切な理由を明かさなかったこともそう。

「本当に……大事なことを言わないんだから……！」

ジャムシードは「次から気をつける」と涙声で返事をすると、震えながらキラを抱きしめた。

「ぼくも、ぼくも」

ミールが二人の間にぐいぐいと入り込み、父母の頬にチュッ、チュッ、と口づけをくれた。ジャムシードがお返しにミールの頬に唇を寄せる。

そして赤くなった目でこちらを見つめて、微笑んだ。

「おかえりアリー……そしてキラ、改めてよろしく。私の最愛の番」

「ただいま、王太子殿下。そして、見つけてくれてありがとう、僕の騎士様……」

キラはゆっくりと瞳を閉じた。

「ぼくしってる、チューするんでしょ」

二人の間でミールがキャッキャと騒いでいる。

ふわりと重ねられたジャムシードの唇は、先ほどのシロップのせいで〝真夜中の青〟の香りがする。

三人の運命を翻弄《ほんろう》し、そして再び固く結びつけたその青は、甘くほろ苦い味がした。

（了）

あとがき

初めまして、こんにちは。滝沢晴と申します。このたびは、本作をお手に取っていただき誠にありがとうございます。ラルーナ文庫さんは電子書籍で二作お世話になりまして、このたび文庫本を刊行していただくことになりました。とっても光栄です！

物語はいかがでしたでしょうか、楽しんでいただけましたでしょうか。

舞台のモデルはパキスタン、時代で言うとムガル帝国あたりをイメージしました。ストーリーの鍵となった青いバラや各国の名称はウルドゥー語です。詳しい方からご指導を受けつつ設定しました。

本作の資料集めでは素敵な出合いがありました。絶版になっているパキスタン旅行者向けの本を中古で取り寄せたのですが、前の持ち主の書き込みが残っていたのです。地図に「おじさんの店はここ」と書き込まれていたり、宿の値段を修正して「値上がりしてた」とコメントが残されていたり。一緒に旅をしている気分になりました。地図に記された矢印では、そのまま中国に向かったようですが、いったいどんな旅行者だったんでしょうか、妄想が膨らみます。

本作で私が好きな場面は、自己否定するキラにジャムシードが「あなたは素晴らしい人」と伝えるところです。成績や成果に対して「素晴らしい」とは言うけれど、その〝人〟に対してはなかなか言えないですよね。このせりふは、読んでくださっている方にも届けばいいなと願いながら書きました。みなさまは本作で印象的な場面などあったでしょうか。感想やレビューで教えていただけますと、ゴムまりのように飛んで跳ねて喜びます。

表紙、挿絵は兼守美行先生に手がけていただきました。兼守先生の美麗でドラマティックなイラストを拝見し、キラたちの生きる世界が突然フルカラーで立体化したような気持ちになりました。本当にありがとうございます。

また、的確なご指摘をくださった担当様、本当にお世話になりました。

最後になりましたが、この本の制作・流通に関わってくださったみなさま、本当にありがとうございます。そしてなにより、この本をお手に取ってくださったあなたさまに、心よりお礼申し上げます。またお会いできますように。

滝沢 晴

本作品は書き下ろしです。

ラルーナ文庫

この本を読んでのご意見・ご感想・ファンレターなどお待ちしております。〒111-0036 東京都台東区松が谷1-4-6-303 株式会社シーラボ「ラルーナ文庫編集部」気付でお送りください。

騎士《きし》と王太子《おうたいし》の寵愛《ちょうあい》オメガ
～青《あお》い薔薇《ばら》と運命《うんめい》の子《こ》～

2021年8月7日 第1刷発行

著　　者｜滝沢《たきざわ》 晴《はれ》
装丁・DTP｜萩原 七唱
発 行 人｜曺 仁警
発 行 所｜株式会社 シーラボ
〒111-0036 東京都台東区松が谷 1-4-6-303
電話 03-5830-3474／FAX 03-5830-3574
http://lalunabunko.com
発 売 元｜株式会社 三交社（共同出版社・流通責任出版社）
〒110-0016 東京都台東区台東 4-20-9 大仙柴田ビル 2 階
電話 03-5826-4424／FAX 03-5826-4425
印刷・製本｜中央精版印刷株式会社

ISBN978-4-8155-3260-4